甘えないで

睦月影郎

祥伝社文庫

目次

童貞狩り 7
背徳のアロマ 33
甘えないで 67
天使の蜜室 101

熟《う》れ肌の誘惑 135
新世紀クィーン 169
女教師の秘蜜 205
淫《みだ》ら風薫る 239

童貞狩り

1

「セーラー服の制服は、この町じゃうちの学校だけだからな。どうも、本校の女子らしいんだ」

「ふうん……」

「そして、どうも向こうはおれの顔を知っていたようだ。もっとも、ラブホテルから出たところを見られて、たんにびっくりしただけかもしれないが」

信一《しんいち》は、声をひそめて隣席の吉井《よしい》に囁《ささや》いた。数学の授業中である。

安藤《あんどう》信一は十七歳。この県立共学高校の三年生だった。

じつは昨夜、信一が美術部の活動を終え、帰宅しようと駅裏を近道しているとき、ラブホテルから出てきたカップルに出くわしたのだった。

男のほうは長身でサングラス、口髭《くちひげ》を生《は》やし黒のキャップをかぶったジーンズ姿。

そして女のほうは何と、本校の女子らしいセーラー服姿で、路地裏で鉢合わせした信一を見て立ちすくんだのだ。

どこかで見たような顔立ちではあったが、信一にはその子が誰だか思い出せなかった。

こちらは知らず、向こうは信一を知っているということもあるが、信一は成績もスポーツも平均的で、それほど目立つ存在ではない。美大志望で、毎日美術室で石膏《せっこう》デッサンばかりしている地味な男だ。

もし、この吉井のような美男子でサッカー部のヒーローなら、本校の女子は誰もが彼を知っているだろうが。

三年生に進級と同時に信一が進んで吉井と親しくなったのも、美男子と一緒にいれば女の子の余禄に与《あずか》れるかもしれないというさもしい動機からだった。

とにかく信一は、ラブホテルに入っていた女子のことが気になった。

今朝登校してからも各クラスを見て廻り、心当たりを探したが見当たらなかった。下級生かもしれないが、それにしてはこの校則の厳しい伝統校で、しかも制服姿のままラブホテルに出入りするとは大した度胸だった。

「誰だろうな……」

「いいじゃないか、誰でも」

吉井はうるさそうに言った。

「知ってどうするんだ? 黙っててやる代わりに一回やらせろって言うのか?」

吉井は、さして興味がなさそうだった。

しかし信一は、それもいいかもしれない、と思った。思春期の欲望は満々だが、まだ恋人に恵まれず、キス体験すらない童貞なのである。

相手の男は大人だからちょっぴり恐そうだが、彼女だって制服でラブホテルに入るくらいだから、案外したたかでドライかもしれない。

「第一、安藤は菜美子《なみこ》先生一筋じゃなかったのか？」

吉井が言う。

そう、たしかに信一は年上の女性が好みで、いま教壇に立っている数学の沢口《さわぐち》菜美子に憧れていたのだ。

しかし今日の信一は、彼女の授業さえ耳に入らないほど興奮していた。

それに、手の届かない憧れの美人教師より、軽めのギャルのほうがずっと身近で、簡単にセックスできそうな感じがするではないか。

やはり片思いに悶々《もんもん》とするより、とにかく早いとこイッパツ体験をしたかった。でないと股間が重くて重くて、このままでは大切な夏休みを前に、受験勉強にも専念できないではないか。

「なあ、一緒にラブホテルを見張らないか？　また来るかもしれんし」

「お断わりだね。ほら、もう私語は止《よ》せよ。菜美子先生が睨《にら》んでるぞ」

吉井に言われ、信一が黒板に向き直ると同時に、

「そこ！　さっきから何しゃべってるの！」

菜美子先生に叱られてしまった。

信一は首をすくめた。

数学だけは、菜美子先生に嫌われないように頑張っていたのだが、どうやら興奮のあまり、今日は調子に乗って私語をしすぎたようだ。

菜美子はスラリとした見事なプロポーションで、いつもきちっとしたスーツ姿をしている。服の上からも胸やお尻の熟《う》れた感じが分かって、信一は廊下ですれ違うときも激しくときめいた。

大卒で赴任し、三年目だから二十五歳。

セミロングの黒髪も、形良い脚も、あるいはすれ違ったときに感じた甘い匂いも、すべて信一の狂おしいオナニーの材料になってしまった。

成熟した彼女に比べたら、同級のセーラー服集団など何の魅力も感じなかった。

ただ数学教師という性格からか、あまり冗談も言わず授業も厳しく、整《ととの》った表情も能面のようで隙《すき》がない。

だから彼女に憧れている男子は、ひょっとしたら信一ぐらいのものかもしれない。女子の一部には彼女に対し、宝塚《たからづか》のスターみたいな憧れを持っている子もいるようだが、まあ男子には不人気な先生かもしれなかった。

じつは信一は、自習中に教員用下駄箱に行き、こっそり菜美子の革靴を拝借してトイレに持ち込み、匂いを嗅《か》いだり舐《な》めたりしてオナニーしてしまったことが何度かあった。

潔癖で羞恥《しゅうち》心の激しい年代なのだが、そんな行為に自己嫌悪を感じる以上に、じっとしていられないほどの性欲に苦しんでいたのだった。

また菜美子のマンションに、何度か電話してしまったことすらあった。もちろんオナニーして充分に助走をつけ、彼女が受話器を取った瞬間に昇りつめているから、何も言わずすぐ切ってしまうのだ。

(菜美子先生のヌードが描きたいな……)

中学時代から美術部だった信一は、何度もそう思い、菜美子の裸体を空想しては何枚もデッサンした。もちろん出来の良い作品は、その夜のオナニーの材料となった。

匿名《とくめい》でラブレターを出したこともあった。とにかく先生を激しく思っている生徒がいることだけ知っておいてください、などという青臭い文章だったが、彼女がそれを読んだときを空想しては、何度もオナニーに耽《ふけ》ってしまった。しかも手紙の封と切手は、信一自身のザーメンで貼りつけたものなのだ。

まあ、そんな童貞少年の片思いも、昨夜のラブホテル事件でいっぺんに、同世代のセーラー服少女に思いを馳《は》せるようになってしまった。

しかしこれは十七歳の激しい性欲のなせる業《わざ》であり、けっして菜美子への思いが薄れたわけではなかった。慕情とは別に、手っ取り早く経験がしたいだけなのである。

「安藤くん。放課後、生徒指導室へ来なさい」

やがて授業が終わると、菜美子は教室を出ていく前に信一の席に来て言った。

信一は情けない思いでうなだれた。

2

「授業中、吉井くんと何をおしゃべりしていたの」

放課後、生徒指導室で信一は菜美子に油を絞られていた。

切れ長の目が激しく信一を見据え、ゾクッとするような凄いほどの美しさだ。

「はあ、大したことじゃないんです……」

「ダメよ。正直におっしゃい。普段は真面目《まじめ》に授業を受けている君が、今日に限って何を熱心に話していたの」

どうやら菜美子先生は、虫の居所《いどころ》が悪いようだ。

怒っている先生も綺麗《きれい》だし、本当はもっともっと叱られて甘美な悦《よろこ》びも得たいのだが、彼女に嫌われることだけは避けたかった。

それで結局、信一は昨夜ラブホテル前で見たことを正直に話してしまったのである。

「ふうん、うちの女生徒かしら……」

菜美子も、ちょっぴり興味を持ったように言った。

しかしすぐに眉《まゆ》を険《けわ》しくし、信一を正面から見据えた。

「それで？　彼女を見つけて脅迫でもしようと思ったわけ？」

まだまだ菜美子の機嫌は直らない。

「い、いえ……」

「見て見ぬふりをするのが優しさでしょう？　高校生だって恋愛は自由なんだから」

（恋愛は自由だけど、自由恋愛もしたいな）などと信一は取りとめもなく思った。

「じゃ、生徒が先生を好きになるのも自由なんですね？」

信一は思わず言ってしまった。

「そうよ」

菜美子は答えた。ようやくお説教も終わりにするつもりらしく、目が穏《おだ》やかになってきた。

「いつかのラブレター、出したのは君ね？」

「ええっ……!?」

いきなり言われ、信一は激しくうろたえた。それで白状してしまったようなものだ。

「筆跡《ひっせき》を見れば分かるわ。君のサンズイはいつも片仮名のツだから」

言いながら、菜美子は形良い赤い唇をほころばせた。

菜美子の機嫌が直って信一も嬉しかったが、恥ずかしさで顔に血が昇り、耳朶《みみたぶ》まで火照《ほて》ってきた。

しかし革靴を嗅いでオナニーしたり、無言電話をかけたりしたのも自分だと知ったら、菜美子の顔はまた恐ろしく変貌することだろう。

やがてチャイムが鳴った。

「そろそろ下校時間だわ」

菜美子が立ち上がった。

信一も何となく、まだ菜美子と離れがたく一緒に指導室を出た。そして菜美子も帰るらしいので、信一も美術部に行くのを中止し、そのまま並んで校門を出た。

「お説教は別として、数学の成績も上がっていることだし、あたしにラブレターをくれた最初の生徒として、夕食でもご馳走《ちそう》しようかしら」

「ほ、本当ですか？」

「遅くなっても大丈夫？」

「もちろん！　いつも美術部で遅くなってますから」

信一は勢い込んで答え、やがて駅まで十五分ほど歩いた。

ところが、ファミリーレストランにでも入るかと思ったら、菜美子はいきなり自分のマンションへと彼を誘ったのだ。

何度か前を通ったり、年賀状を出したり無言電話をしたことはあるが、もちろん中に入るのは初めてだった。

最上階の十階、ワンルームタイプだがベッドや机、本棚やテレビなどが機能的に配置され、それほど狭苦しい印象は受けない。

それよりも室内に籠《こ》もる、甘ったるい熟れた女の匂いに信一はゾクゾクと興奮してきてしまった。

菜美子は、夕食に誘ったくせにキッチンには立たず、窓から夕暮れの景色を見ている信一の背後にそっと迫ってきた。

「夕食をご馳走する前に、先に君があたしにご馳走して」

「え……？」

信一が振り返ると、驚くほど近くに菜美子の顔があった。

「まだ女を知らないんでしょう？　教えてあげるわ」

ほんのりした湿り気と、甘い香りを伴う息が信一の鼻をくすぐり、彼が何か答える前に、柔らかな唇が重なってきた。

「ン……」

信一は目を見開き、小さく呻《うめ》いた。

しかしすぐに、間近に迫る菜美子の妖《あや》しい目がまぶしくて目を閉じた。

何が起こったのか分からない。

ピッタリと吸いつく柔らかな感触と、甘い香りだけが全身を酔わせた。

そして信一の口の中に、何か生温《なまあたた》かいものがヌルッと侵入してくると、全身からすうっと力が抜けてしまった。

気がつくと、信一はベッドに押し倒されていた。全身に菜美子の体重を受け、艶《なま》めかしく口の中を舐め廻されていた。

菜美子の舌は別の生き物のようにチロチロと隅々まで這《は》い廻り、信一は彼女のトロリとした甘い唾液で喉を潤《うるお》した。

長く強烈なディープキスが続くうち、激しい興奮とは裏腹に、ようやく今ファーストキスを体験しているんだという実感が湧いてきた。

貪《むさぼ》るような激しいキスを受けながら、信一は危うく射精しそうな高まりさえ覚えた。

まさか消極的な自分がこんなに早く、しかも長く憧れていた女教師とキスできるなんて夢にも思っていなかったのだ。

しかし恐る恐る伸ばした舌が、チュッと痛いほど強く吸われて、夢ではないことが分かった。

舌をからめながら、菜美子はブラウスの胸をグイグイ押しつけてきた。さらに、しなやかな指を伸ばし、信一のズボンのベルトを外《はず》してきたのだ。

菜美子は、日頃の冷静な、隙のない数学教師の顔から、一人の淫《みだ》らな女へと変貌しているようだった。しかし、一体どちらが菜美子の本当の顔なのか、興奮と混乱が渦《うず》巻いている信一には分からなかった。

ようやくピチャッと微《かす》かな音がして唇が離れ、菜美子はサッと髪をかき上げながら信一の下半身へと向かっていった。

そして本格的にズボンを脱がせ、ためらいもなく、激しくテントを張っているブリーフを引き下ろしていった。

「ああっ……」

勃起したペニスを見られ、信一は羞恥に声を洩《も》らした。

童貞の亀頭はテラテラと初々《ういうい》しいピンクの光沢《こうたく》を放《はな》ち、ほんのりと少年の汗の匂いを籠もらせていた。

「まず、落ち着いたほうがいいわ」

囁くと菜美子は、信一があっと思う間もなく、粘液の滲《にじ》んだ先端を舐め、そのまま喉の奥までスッポリと呑《の》み込んでいった。

「くっ……、ダメだよ、先生……！」

温かい口の中に含まれ、内部で蠢《うごめ》く舌の感触と恥毛をくすぐる熱い息に、信一はいくらも我慢できずに昇りつめてしまった。

全身を貫く激しい快感と、神聖な菜美子の口を汚してしまったという罪悪感に身悶《みもだ》えたが、菜美子は慌てず、勢いよくほとばしる若いザーメンを口に受けた。

そして一滴もこぼさないようにキュッと丸く唇を締めつけ、舌で先端を刺激しながら、大量のザーメンを少しずつ喉に流し込んでいった。

「ああ……」

信一は夢うつつの快感の中で、菜美子の喉がゴクリと鳴る音をぼんやり聞いていた。

3

最後の一滴まで絞り尽くしても、まだ菜美子は口を離さなかった。

根元までタップリと唾液にヌメらせ、射精直後ですっかり敏感になった亀頭を舌先で弾《はじ》いた。

さらに強く吸いながらスポンと口を離し、陰嚢の隅々にも舌を這わせてきた。

萎《な》える間もなく、十七歳のペニスは雄々しく屹立《きつりつ》し、いつでもスタンバイOKの状態になった。

「脱いで。全部……」

ようやく顔を上げた菜美子がすっかり上気した顔で囁いた。そして自分も手早く服を脱ぎはじめた。

信一は、みるみる露《あらわ》になっていく菜美子の白い肌を眺め、ようやくわれに返ったようにワイシャツを脱いで全裸になった。

もう何も考えることはない。この降って湧いた幸運を噛《か》みしめ、後悔しないよう、とことん体験するだけだ。

菜美子もブラを外して形良い乳房を出し、さらに最後の一枚もためらいなく脱ぎ捨てて仰向《あおむ》けになった。

「いいわ、好きにして……」

菜美子が囁き、長い睫毛《まつげ》を伏せた。

信一は思わずゴクリと生唾を飲み、菜美子の白い裸体を見下ろした。彼女が目を閉じてくれたので、遠慮なく眺めることができた。

張りのある胸の膨《ふく》らみが悩ましく息づき、キュッとくびれたウエストから腰へのラインが艶めかしかった。

着痩せするたちなのだろう、胸も太腿も案外ボリュームがある。

信一は、吸い寄せられるように上からのしかかって、チュッと乳首を含み、もう片方をやんわりと摑《つか》んだ。

「く……」

乳首を吸われて菜美子が小さく声を洩らし、柔肌を緊張させた。

乳首はコリコリと硬《かた》くなり、舌で弾くように舐め廻しているうち、胸元や腋の下から漂う甘ったるい匂いが濃くなったように感じられた。

信一は両の乳首を吸ってから、ゆっくりと菜美子の神秘の部分へと這い下りていった。

ムッチリと肉づきの良い、滑《なめ》らかな太腿の間に顔を潜り込ませていくと、菜美子も悩ましげに身をクネらせながら、ゆっくりと脚を開いていってくれた。

白い肌をバックに、黒々とした恥毛が淡く煙っている。真下のワレメからは僅《わず》かにピンクの花びらがはみ出し、うっすらとヌメリを帯びているのが分かった。

股間全体にふっくらとした甘い匂いが籠もり、さらにギュッと恥毛の丘に鼻を埋めると、悩ましい熟れた果実の匂いが馥郁《ふくいく》と鼻腔《びこう》を満たした。

たまらずに舌を這わせると、花びらの奥で舌先がヌルッと滑った。それほど内部は熱く濡《ぬ》れていたのだ。

「ああ……、いい気持ちよ……」

菜美子がうっとりと声を洩らし、彼の顔をムッチリと内腿で挟みつけながら、手を伸ばして頭を撫《な》でてくれた。

せいいっぱい舌を伸ばして差し入れると、柔らかく濡れた膣口はどこまでも深く、そのまま信一はゆっくりと舐め上げていった。

「あん！」

舌先がコリッとした小さな突起に触れると、菜美子が声を洩らして内腿にビクッと力が入った。

やはり、小粒の真珠のようなクリトリスがいちばん感じるようだ。

舐めながら見上げると、鼻をくすぐる恥毛の向こうの滑らかな下腹がヒクヒク波打ち、さらに色っぽい乳房の谷間から、のけぞって喘《あえ》ぐ菜美子の顔が見えた。

彼女が感じて悶えると、次第に信一のほうは余裕をもって観察することができるようになってきた。

熱くネットリとした愛液は、次第に量を増して信一の舌を悩ましくヌメらせた。

さらに彼は菜美子の腰を抱え、ワレメの下にある秘《ひ》めやかなアヌスにまでチロチロと舌を這わせた。

憧れの菜美子の身体なら、どんな部分のどんな匂いだって最高だった。

「あうう、ダメよ、バカ……」

菜美子は激しく首を振り、日頃の冷静な彼女からは想像もつかないほど乱れた。

信一は再びワレメに戻り、舌が疲れ果てるまで舐め続けた。

「きて、お願い、早く……」

少しもじっとしていられないように激しく身悶え、声を上ずらせて喘ぎながら菜美子が言った。

ようやく信一も顔を離し、身を起こしながら前進した。

そして腰を突き出して宛《あ》てがい、要領が分からないまま力を入れた。

しかし屹立したペニスは、充分すぎるほどヌメッている花びらの表面をヌルッと滑っただけだった。

「もっと下……」

菜美子が息を弾ませ、やや腰を浮かせて言った。さらに手を伸ばし、ペニスをつまんで誘導してくれた。

ようやく角度が定まり、ペニスは力を入れなくてもヌルヌルッと蜜壺の奥に吸い込まれていった。

「あうっ……、いいわ、上手よ……」

身を重ねて根元まで押し込むと、菜美子が下からしがみつき、激しく喘ぎながら口走った。

信一も激しい快感に息を呑んだ。この世に、こんなに気持ちの良い穴があるなんて思いもしなかった。これでは女のために人生が狂い、歴史の流れが変わってしまうのも無理はないとさえ思った。

もし菜美子の口に一度目の発射をしていなかったら、もう挿入した時点で暴発していただろう。

心地良いクッションのように弾む柔肌にのしかかって、信一はしばし動かず、菜美子の温《ぬく》もりと感触を味わいながら、童貞を失った感激を嚙みしめた。

「ああっ……、ああっ……!!」

菜美子はクネクネと身悶え、しきりに股間を突き上げるような動きを繰《く》り返した。

やがて信一も我慢できないほど高まり、彼女のリズムに合わせるように腰を前後に突き動かしはじめた。

「くうっ……、そうよ、もっと突いて……」

菜美子は顔をのけぞらせて喘ぎ、信一も次第にリズミカルに律動をはじめていた。

動きに合わせてクチュクチュと淫らな音がし、溢《あふ》れた愛液がネットリと信一の陰嚢や内腿までヌメらせた。

内部は奥へ行くほど熱く、日頃冷たいほど隙のない菜美子の、内に秘めた情熱と淫らさが伝わってくるようだった。

「あう……、せ、先生、いきそう……」

信一はたちまち快感が突き上がり、腰の動きを速めた。

「いいわ……、来て、あうう……!!」

菜美子も激しく悶え、大きなオルガスムスの波が押し寄せたように、膣内が艶めかしく収縮した。

信一はひとたまりもなく二度目の絶頂を迎え、憧れの先生の柔肉の奥に放出しながら、激しい快感の怒濤《どとう》に押し流されていった。

4

ぼんやりと快感の余韻に浸《ひた》り、信一はまだ起き上がる気力もなくベッドに横たわっていた。

菜美子は先に起き、いまシャワーを浴びている。

やがてシャワーの音が止まり、バスタオルを巻いた菜美子が出てきた。

「さあ、早く浴びていらっしゃい、そうしたらレストランに行くわ」

「はぁ……」

「そのあと、社会勉強にラブホテルにも入ってみる？」

「はいっ！」

菜美子の言葉に信一はいっぺんに回復し、元気良く起き上がってバスルームに入った。

バスルーム内にはまだ菜美子の甘い匂いが残っていた。脱衣室の籠《かご》には脱ぎたてのパンティもあったが、今は生身《なまみ》の菜美子先生が自由になるのだ。

信一はラブホテルでのときめきを思い、早くも三度目の勃起を始めていた。

ところがバスルームを出て、身体を拭きながら部屋に戻ると、信一は思わず立ちすくんだ。

「あっ……!?」

なんと、そこに居るのは菜美子ではなく、昨夜ラブホテル前で見た、サングラスの男ではないか。

ジーンズ姿に口髭、それに黒いキャップをかぶって、サングラスの奥からじっと信一を見ている。

「ま、まさか、先生……？」

信一が恐る恐る言うと、男はニヤリと笑った。

「さあ、驚いてないで、これを着なさい」

男、いや菜美子は全裸の信一に向かい、セーラー服を投げて寄越《よこ》した。

「誰に見られるかも分からないでしょ？　変装は、男女が入れ替わるのが最良なのよ」

「じゃあ、昨夜の……」

あのセーラー服の女生徒は？

（よ、吉井か……!?）

信一は思い当たって呆然とした。

どこかで見た顔だと思ったが、女装では、どのクラスの女子を探しても見当たらないはずだ。

どうりで今日、奴はその話題に乗ってこなかったわけだ。

しかも菜美子も、信一が授業中しきりに吉井に話しかけていたので、バラされるのじゃないかと気にしていたのだろう。

そして結局、菜美子は自らの内に息づく淫らな性《さが》に負け、信一とまで関係を持ってしまったというのが真相のようだ。

何のことはない。結局、当初の思惑《おもわく》どおり信一は美少年吉井の余禄に与れたわけだ。

「おええ……」

信一は胸が悪くなった。なにしろ吉井の女装を見て興奮し、あわよくば抱けるかもしれないなどと思ったのだから。

「さあ、早く着るのよ」

菜美子が促《うなが》し、長髪のヘヤーピースも取り出してきた。

なるほど、キャップにセミロングの髪を巻き込んで付け髭をすれば長身の菜美子はどこから見ても細身の美青年だ。

しかし自分は……、美少年の吉井ならセーラー服も似合っただろうが、こんなもの着てバレないだろうか。

第一これで外へ出るのは、顔から火が出るほど恥ずかしい。

それでも菜美子とラブホテルに入れるのだ。それぐらいは我慢しなきゃいけない。

信一は仕方なく自分のブリーフと白のソックスをはいてから、濃紺のスカートと半袖のセーラー服を身に着けた。

胸元でキュッとスカーフを結ぶと、何やら妖しい感覚がゾクゾクと突き上がってきた。

「良く似合《にあ》うわ」

菜美子が言い、ヘヤーピースをかぶせてくれた。

そして髪を整えると、菜美子は男装のままピッタリとキスしてきたのだ。

「う……」

サングラスで口髭の男にキスされ、信一はまた違和感に身じろいだ。

どうやら菜美子は、たんに変装という以上に、こうした倒錯《とうさく》的な性癖を持っているのかもしれない。

舌をからめながら、信一までドキドキと胸が高鳴ってきた。

急いでラブホテルに直行するのならまだしも、どうやら菜美子は先にレストランに入りたがっているようだ。

セックス以上に、こうした倒錯的な行為に酔いしれたいのだろう。その妖しい感覚と興奮に、信一は徐々に犯されていった。

だから、自分より先に吉井が菜美子の寵愛を受けたという嫉妬《しっと》も、それほど表面には出てこなかった。

いや、本当に吉井と自分だけなのだろうか、と信一は思った。あるいは菜美子は、こうして何人もの童貞を順々に食い尽くしているのではないだろうか。

「さあ、行きましょう」

唇が離れ、先に菜美子が男物の靴をはき、続いて信一も外に出た。自分の靴はスニーカーなので、セーラー服でも大丈夫だろう。

「いいか？　マンションから出たら女言葉を使えよ」

菜美子が男言葉で囁き、また信一はゾクッと胸を震《ふる》わせた。

そしてエレベーターで一階まで降り、信一は菜美子と並んで膝《ひざ》を震わせながらマンションを出た。路地を抜ければラブホテルは近いが、やはり菜美子は先にファミリーレストランに向かった。

「先生、吉井とは……？」

「訊くな。童貞を失った、その日にしか興味はないんだから」

菜美子が素《そ》っ気《け》なく言った。

してみると、一人の少年に対して一日だけしか菜美子の関心は持続しないのだろう。

「今日だけじゃ寂しいよ。これからも……」

信一は縋《すが》りつくように、この美しい魔女に言った。

ふと、信一はその時、別の視線を感じて思わずハッと振り返った。

するとそんな二人を、路地裏から恨めしげに吉井がじっと見つめていた。

背徳のアロマ

1

「おいおい、飲み過ぎだよ」

竹下《たけした》は、美枝子《みえこ》に抱きつこうとする片桐《かたぎり》の肩を押さえて言った。大して飲んでいたようには見えないが、かなり悪酔いしているようだ。

確かに高校時代、二人は交際していたが、今の美枝子は迷惑そうだった。

「タクシーが来ましたよ」

店の女性が言い、竹下は片桐に肩を貸して立ち上がった。

「こいつは僕が送っていくから」

「済みません。私たちももう帰りますから」

同窓生の女性たちが言い、竹下は片桐を連れて二次会のナイトパブを出た。

「俺はまだ帰らんぞ！　美枝子と話が……」

「いいから乗れよ」

竹下は、店に戻ろうとする片桐を強引にタクシーに乗せ、自分も一緒に乗り込んだ。そして車が走り出すと、ようやく片桐も諦《あきら》めたように力を抜いてシートにもたれかかり、ノロノロとタバコを出してくわえた。

「まったく、お高くなりやがって……」

火をつけた片桐が、煙を吐き出しながら言う。

今日のクラス会は、彼も竹下同様、卒業以来二十年ぶりに出席したようだった。

さすがにクラスだけの集まりとなると出席者は少なく、数人だけいた男子も一次会だけで帰り、二次会に来た男子は竹下と片桐の二人だけだったのだ。

その点、さすがに地元に住んでいる女子たちは今もつながりがあり、十数人が出席していた。同窓生同士の結婚も多かったし、それに最近は、妻の実家のある町に新築するケースが増えているのだろう。

「お前がしつこく言い寄るからだよ。彼女はちっとも、お高くなんかなかったぜ」

「そうじゃねえ。お高いのはお前だよ。作家の先生になると、飲み方も上品になるってのか」

片桐は、ジロリと竹下を見て吐き捨てるように言った。

（相変わらず、ひがみっぽいな……）

竹下は別に反論もせず、二十年ぶりに会った友人から目をそらした。

高校時代、二人は美術部員だった。そして同じクラスの奥田《おくだ》美枝子が、二人にとってのマドンナだったのだが、結局強引な片桐が美枝子と付き合うようになった。

片桐は美大を目指したが浪人し、絵は趣味と割り切っていた竹下は現役で文学部に入った。

浪人した片桐は、何かと恨みがましく竹下に愚痴《ぐち》ったものだが、やがて竹下も大学の友人ができ、彼との交際は絶えてしまった。

美枝子も東京の大学に入って一人暮らしをし、片桐との交際もすぐにやめてしまったようだ。

やがて竹下は出版社に就職したが、今は自分も小説を書くようになった。そして多少は売れるようにもなり、金回りも良くなったので社を辞めて独立したばかりだ。しかし竹下は、未だに独身。

結局片桐は二浪して美大に入ったと同窓生の噂《うわさ》で聞いたが、竹下も忙しくてなかなか故郷に帰ることもなく、彼と会うこともなかったのだ。

今は片桐も美枝子も家庭を持っているが、話を聞くとどうやら片桐は、デザイン会社をリストラになったばかりのようだった。

「お前はいいよな。独り者で気ままに暮らしてるんだろう」

「結婚するかしないかの選択は、個人の自由だろう。それに、今の時代に楽な奴なんていないさ」

竹下は言いながら、自分もタバコに火をつけた。

片桐も、リストラにあったとはいえ実家があるだけ恵まれているだろう。両親や子供など三世代で狭いだろうが、孤独ではなく、家賃の必要もないのだ。

みんな三十八歳。子供は手が離れたとはいえ生意気盛りで、身体にもガタがくる時期だった。だから片桐が、久々に青春時代の恋人に会って舞い上がるのも、考えてみれば無理はないかもしれない。

「おい。結婚の意義って、なんだと思う？」

片桐が言った。

「さあ。家庭を持つことかな」

「違うね。結婚とは、背徳の悦《よろこ》びを得るための、僅《わず》かな枷《かせ》だ。結婚しなければ不倫は楽しめないぜ」

言われて、竹下は不快だった。まあ、いくら彼が美枝子に言い寄ろうとも、もう彼女も世間知らずの少女ではない。片桐など相手にすることはないだろう。

やがて片桐の家の前でタクシーを停めると、彼は意外にしっかりした足取りで降り、自分で歩いて門から入っていった。

竹下は、そのまま自分のマンションに向かってもらった。

東京から一時間の場所にある、この地方都市に帰ってきたのは、つい先月だった。すでに両親はなく、実家も売り払ってしまったのだが、やはり生まれ育ち、住み慣れた町に帰ろうと思ったのである。

（それにしても、相変わらず美しいままだったな……）

竹下は、人妻となった美枝子の顔を思い浮かべた。

憧れの女性として心に抱いたまま、消極的な竹下はなんらアタックできないまま卒業してしまったのだ。

もちろん妄想の中では、さんざんお世話になり、それこそ毎晩のように竹下は美枝子を思ってオナニーに耽《ふけ》ったものだった。

そして、たとえ僅かな期間にしろ憧れの美枝子が、あんな片桐なんかに抱かれていたと思うと、今更ながら激しい嫉妬《しっと》が湧き上がってきてしまった。

2

「はい、これ。クラス会の写真」

美枝子が封筒を渡してくれ、竹下は開いて見た。一次会の居酒屋の写真なので、まだ片桐も悪酔いしておらず、皆にこやかな表情をしていた。

駅前の喫茶店である。クラス会の日から数日経っていた。

昨夜いきなり美枝子から電話があったときは驚いたが、社を辞めてからは時間も自由になるので、竹下はいそいそと出向いてきたのだった。

「ありがとう。あれから女子たちは？」

「ええ。カラオケに流れる人もいたけれど、私は帰ったわ。それより、片桐くんを止めてくれて嬉しかったわ」

美枝子が言う。

当時はほっそりしていたが、今は適度に肉付きがあって、いかにも熟《う》れた感じが色っぽかった。

亭主は商社マンで今は単身赴任中、一人娘は母校の生徒らしい。

「この前のクラス会以来、毎日彼から電話が来るようになってしまったの。だから今は携帯も電源を切ってるの」

「へえ、困った奴だな」

いくら寂しいからと言っても、美枝子が嫌がっているのを気づかないのは罪である。

　そんな暇があったら、次の仕事でも探せばよいと思うのだが、この時代、なかなかうまくいかないのだろう。

　しかし男というものは、一度でも肉体関係を持つと自分の女だという意識が芽生え、何十年経とうとも、無条件にまたさせてもらえるものと思ってしまうものかもしれない。

「竹下くんは、なぜ結婚しなかったの？」

「まだ分からないさ。今までは、たまたま出会う機会がなかったのと、あまり家庭に魅力を感じていなかったからだろうね」

「でも、今の竹下くんを誰もが羨《うらや》んでるみたい。自由だから」

　美枝子は視線を落としてコーヒーカップを手にし、

「もし、竹下くんと付き合ってたら、どうなったかしらね」

　と小さく言った。

「そうだね。でも僕は、告白する勇気がなかったから」

「今なら？」

「うん。付き合いたいね」

「どんなお付き合いになる？」

「あの頃に帰ったように、高校時代の制服を着せてみたい」

竹下は言った。当時と違い、今はどんな際どいことも言えるようになっている。

すると、美枝子は笑って答えた。

「もう着られないわ。太ったし、それに制服なんて捨ててしまったもの。でも、竹下くんとなら、今からでもお付き合いしたいわ」

美枝子が立ち上がった。

竹下も伝票を持って立ち上がると、彼女は先に店を出て駐車場に向かった。

「ね、一緒に来て」

言われて車に乗り込むと、美枝子は何と、そのまま自宅へと向かったのである。

「おいおい。大丈夫なの？」

竹下は、期待に胸を弾ませながら言った。

まだ日は高い。しかし閑静な住宅街で、誰も見ているものはなかった。庭もある大きな二階建てだ。

「ええ。主人は単身赴任中。娘も春休みで旅行に出てしまったわ」

美枝子はキイを取り出してドアを開け、竹下を中に招き入れた。

リビングに入ると、美枝子はすぐバスルームに行ってシャワーの準備をした。もう恋愛云々《うんぬん》というプロセスは省略し、すぐにも飢えた肉体を癒《いや》したい感じが伝わり、竹下もゾクゾクと興奮してきた。

「ね、先にシャワー浴びてきて」

美枝子に言われ、竹下は期待に胸を弾ませて脱衣室に入った。

洗面所には母娘の歯ブラシが置かれ、家族のタオルが掛けられている。窓からは春の日差しが射し込む、平和な家庭の風景がそこにあった。

しかし自分はこれから不倫をするのだ。

片桐が言ったとおり、不倫は家庭を持ったものとしかできない。そのスリルと背徳の興奮は、何とも言えない悦びを竹下にもたらした。

何しろ付き合った恋人はほんの数人、風俗に行ったのも数回だ。まして人妻とセックスするなど初めてのことである。

しかも相手は、高校時代の憧れのマドンナなのだ。

竹下は服を脱いでバスルームに入り、すっかりピンピンに勃起している肉棒を念入りに洗った。

やがてシャワーを浴びてバスルームを出た竹下は、身体にバスタオルだけ巻き、服を手にしてリビングに戻った。

そして、そこで待っていた美枝子を見て、竹下は驚きに思わず声を洩らした。

「あっ……！」

「ふふ、どう？　面影あるかしら」

美枝子が、悪戯《いたずら》っぽい笑みを含んで言う。

何と彼女は、セーラー服に身を包み、当時のように長い髪を左右に分けて束ねていたのである。

「娘のを勝手に借りちゃったの。あの子は大柄だから、少しきついけれど何とか着られたわ」

美枝子が、恥じらいに少し頰《ほお》を染めて言った。

母校に通っている娘の制服は、当時と同じだった。白い長袖《そで》のセーラー服で、白線の入った襟《えり》と袖だけ濃紺。やはり紺色のスカートの丈は、やや短くなっているようで、そこから豊かなムッチリとした美枝子のナマ脚が伸び、白いソックスをはいていた。

左右にリボンで束ねた艶《つや》やかな黒髪は、高校時代のときめきを竹下の胸に甦《よみがえ》らせた。

顔立ちも、すっかり熟れて色っぽくなっているが、化粧をして口紅を塗った人妻の顔に、アンバランスな少女の制服が、何とも妖しいエロティシズムをかもし出していた。

「きて」

美枝子が竹下の手を握って、奥の部屋に引っ張っていった。

そこは夫婦の寝室だ。カーテンが引かれて薄暗く、長く亭主がいないので室内にはほんのりと甘ったるい美枝子の匂いが籠《こ》もっていた。

ベッドは二つ。カバーが掛けられているセミダブルが亭主のものだろう。美枝子は、シングルの方に腰を下ろした。

狭いが、やはり竹下も、美枝子の匂いのするベッドの方が嬉しい。

「ね、あの頃に戻って……」

美枝子が言い、ベッドに仰向けになって目を閉じた。

竹下もその上から覆《おお》いかぶさり、美枝子にピッタリと唇を重ねていった。

柔らかな唇が密着し、美枝子の熱く湿り気のある息が弾んだ。それはほんのり甘く、何ともかぐわしく艶《なま》めかしい匂いがした。

舌を伸ばして唇を舐《な》め、さらに差し入れていき、竹下は彼女の白く滑らかな歯並びを舌先で左右にたどった。

「ンンッ……！」

美枝子が鼻を鳴らし、彼の舌にチュッと激しく吸い付いてきた。

舌をからめながら、竹下は彼女のセーラー服の胸に手のひらを這《は》わせた。

見事な膨らみが、張りと弾力を持って伝わってきた。竹下は美枝子の甘く濡《ぬ》れた舌を存分に味わってから、唇から離れて白い首筋を舐め下り、胸元に顔を埋め込んでいった。

やがて美枝子が、自分でシュルッとスカーフを解いて引き抜き、胸元をくつろげた。

セーラー服のVゾーンから、白く豊かな巨乳がはみ出してきた。どうやら彼女は、下には何も着けていないようだった。

胸の谷間から、甘ったるい熟れた汗の匂いが漂い、しかも制服には娘の思春期の体臭も染み込んで、何とも贅沢《ぜいたく》なフェロモンが混じり合って竹下の鼻腔《びこう》を刺激してきた。

「ああッ……！」

乳首にチュッと吸い付くと、

美枝子が熱く喘《あえ》ぎ、下から両手を回してギュッと彼の顔を抱え込んだ。

顔全体が柔らかな膨らみに埋まり込み、竹下は心地よい窒息感に喘ぎながら、コリコリと勃起している乳首を舌先で弾くように舐め回した。

さらにセーラー服の裾《すそ》をたくし上げ、露出した両の乳首を交互に吸って舌で転がし、甘ったるい体臭を求めるように制服の中にも潜り込んでいった。

腋《わき》の下には淡い腋毛が煙《けぶ》り、それがいかにも熟女といった感じで色っぽく、竹下は夢中でジットリと汗に湿った腋の窪《くぼ》みに舌を這わせ、女の匂いを胸いっぱい吸収した。

美枝子は喘ぎながらも、うっとりと力を抜いて身を投げ出している。

乱れたセーラー服姿が艶めかしいので、竹下はあえて全裸にはせず、そのまま彼女の脚へと移動していった。

ソックスも娘のものなのだろう。足首を摑《つか》んで浮かせ、うっすらと黒ずんだ足裏に鼻を当ててみたが、あまり匂いはなかった。

竹下はソックスを両方とも抜き取り、美枝子の素足の裏に舌を這わせていった。

「あん……！　そんなところ舐めたら汚いわ……」

美枝子がビクッと足を引っ込めるように震わせて言ったが、竹下は構わず舐め回した。

年中入浴しているような清潔な風俗嬢ばかりでなく、素人《しろうと》女性のナマの匂いを隅《すみ》から隅まで貪《むさぼ》りたかったのだ。

竹下は、汗と脂にほんのり湿った指の股にも舌を割り込ませ、控えめな味と匂いを堪能した。

そして両足とも充分に舐め尽くしてから、美枝子の脚の内側をゆっくりと舐め上げていった。

3

「ああっ、恥ずかしい……」

両膝の間に体を割り込ませると、美枝子が腰をクネクネさせて声を上ずらせた。

美枝子の脚は当時から長かったが、今は適度な肉付きと張りに満ち、ニョッキリとした量感を持っていた。

竹下は彼女の股間に腹這いになって陣取り、白くムッチリした内腿の間に顔を潜り込ませた。

濃紺のスカートの中は薄暗く、高校時代には何度、美枝子のこの中に潜り込んでみたいと思ってオナニーしたことだろう。

内部は生温かく、うっすらと黒い茂みと熟れた果肉が見えた。やはり美枝子は、下着も着けずセーラー服を着ていたのだ。

竹下は美枝子の中心部に顔を迫らせ、憧れの場所に目を凝らした。

白く滑らかな下腹が股間に続き、緩やかな丘に黒々とした茂みが煙っていた。その真下の縦線からはピンク色の花びらがはみ出し、今にもトロリと蜜が滴《したた》りそうなほど熱く潤っているのが分かった。

指を当てて左右に開くと、奥のホール周辺には細かな襞《ひだ》が花弁のように入り組んでいるのが見え、さらに上の方には真珠色をしたクリトリスも顔を覗《のぞ》かせていた。

そして竹下は、股間全体に籠もる熱気と湿り気に誘われるように、ギュッと顔を埋め込んでいった。

「あう……！」

美枝子が喘ぎ、滑らかな内腿でムッチリと彼の顔を締め付けてきた。

柔らかな恥毛に鼻をこすりつけると、隅々に籠もった悩ましいフェロモンが鼻腔に満ちてきた。

竹下は憧れのマドンナの芳香に包まれながら、夢中で舌を這わせはじめた。

花びらの内側に舌を差し入れていくと、熱くヌルッとした柔肉が迎えてくれた。

大量の愛液を舐め取り、蠢《うごめ》く粘膜を味わいながら、竹下はゆっくりとクリトリスまで舐め上げていった。

「アアッ！　き、気持ちいい……」

美枝子がビクッと身を反らせて反応し、上ずった声で口走った。

竹下は鼻を押しつけながら何度も何度も深呼吸し、次第に貪るように激しく舌を動かした。

熱くヌルヌルする蜜は、後から後から湧き出し、竹下は心地よく舌を濡らしながら舐め回し、さらに彼女の両脚を抱え上げ、豊満なお尻の谷間にも顔を押しつけていった。

谷間には、可憐《かれん》な薄桃色の蕾《つぼみ》が恥ずかしげにキュッと閉じられていた。そこには淡い汗の匂いが籠もり、竹下は細かな襞をくすぐるようにチロチロと舐め回した。

「く……！　そこダメ、汚いわ……」

美枝子が息を詰めて言い、キュッキュッと蕾を収縮させた。

しかし竹下は執拗《しつよう》に舐め、ヌルッと内部にまで潜り込ませた。

美枝子が喘ぎ、竹下のすぐ鼻先にある花弁からはいつしか白っぽく濁った大量の愛液がトロトロと滴ってきた。

彼はシズクを舐め取りながら再び花弁に舌を這わせ、自分もバスタオルを取り去って全裸になった。

「ああン……！」

「お、お願い、来て……！」

美枝子が、何度かガクガクと腰を跳ね上げながら口走った。

竹下は身を起こすと、もう待ちきれないほど屹立《きつりつ》し、暴発寸前になっている肉棒を構えて前進していった。美枝子もすっかり受け入れ態勢になり、僅《わず》かに立てた両膝を開いて身を投げ出していた。

先端を押し当て、竹下は幹に指を添えて何度か上下にこすった。そして大量の愛液をまつわりつかせてから位置を定め、ゆっくりと貫いていった。

張りつめた先端部がヌルッと潜り込むと、

「アアーッ……！」

美枝子が声を上げ、下から激しい力でしがみついてきた。

あとは力など入れなくても、竹下自身はヌルヌルッと滑らかに吸い込まれてゆき、やがて互いの股間同士がピッタリと密着した。

身を重ね、しばし動かずに美枝子の温もりと感触を味わう。

すると待ちきれないように、美枝子のほうが下からズンズンと股間を突き上げてきた。

それに合わせ、竹下も次第にリズミカルにピストン運動を開始した。

胸の下では巨乳がクッションのように心地よく弾み、動くたび互いの接点からはピチャクチャと淫《みだ》らに湿った音が聞こえてきた。

「い、いきそう……！　もっと突いて、強く奥まで、アアッ！」

美枝子が熟れ肌を波打たせて言い、竹下も急激に高まりながら腰を突き動かし続けた。

まるで全身が、美枝子の温かく濡れた柔肉に包み込まれているような快感だった。

「く……！」

たちまち竹下は激しい快感の嵐に巻き込まれ、身を震わせながら短く呻《うめ》いた。

同時に、熱い大量のザーメンがマグマのように噴出し、美枝子の子宮の入り口を直撃した。

「ああッ！　いく……！　熱いわ、いま出てるのね……！」

竹下の絶頂を感じ取り、それでオルガスムスのスイッチが入ったように、美枝子も喘ぎながらガクンガクンと全身を痙攣《けいれん》させた。

絶頂に達した美枝子の反応は凄まじく、まるで竹下を乗せたままブリッジするかのように身を反り返らせて狂おしく悶《もだ》えた。

竹下は最高の快感の中で射精し、暴れ馬にしがみつく思いで最後の一滴まで心おきなく絞り出した。

美枝子の締め付けはまだ続いていたが、やがて竹下は満足げに動きを止め、力を抜いてグッタリと彼女に体重を預けた。

「すごいわ……、こんなに何度もイッたの初めて……」

美枝子も、ようやく全身の強《こわ》ばりを解き、吐息混じりに囁《ささや》きながら熱っぽい眼差しで竹下を見上げた。

竹下は、溶けて混じり合ってしまうような気だるさの中、美枝子の熱く甘い吐息を間近に感じながら、うっとりと快感の余韻に浸り込んだ。

4

「それで、片桐とは何回ぐらい？」

バスルームで、互いの全身をボディソープにまみれさせながら竹下は気になっていたことを訊いた。

幸い娘の制服は汚すこともなく、美枝子も全裸となっていた。脂がのって湯を弾く熟れ肌がほんのり桜色に染まり、何とも色っぽかった。

「ふふ、気になるの？」

「ああ、気になる。どうも男の独占欲は、過去へと遡《さかのぼ》るものらしい」

「実は、一度きりよ。お互いに初体験だったからうまくいかなかったし、彼も何度もチャレンジしようとしていたけど、結局自分本位の快感ばっかり求めて、私がイヤになってしまったの」

美枝子は、淡々と答えてくれた。

まあ竹下も、美枝子と片桐の関係が不完全な一度きりなら、さして嫉妬に苦しまずに済みそうだった。

やはり愛し合っていたと言うより、お互い思春期の好奇心をぶつけ合っただけだったのだろう。

結局二人は、高校卒業以来会うこともなかったようだ。

それだったら、自分がもっと積極的にアタックしておけば良かった、と竹下は思ったが、逆に当時何もなかったからこそ、今の快感と感激が大きいのだと思い直した。

もちろん美枝子が、片桐と別れて今の亭主と知り合うまでのことには興味がなかった。片桐の場合は、なまじ親しかったから気になったのだ。

「でも、すごいテクニックね。多くの女性を攻略してきたの？」

「とんでもない。ただ、君のナマの匂いを隅々まで知りたかっただけ」

「あん、バカね……」

言われて、美枝子は激しい羞恥《しゅうち》を甦らせたようにモジモジと俯《うつむ》いた。

そして彼女は、シャボンにまみれた竹下自身を手のひらでヌラヌラとこすり、まだ興奮冷めやらぬように息を弾ませてきた。

竹下も、彼女の巨乳や内腿を撫《な》で、身体をくっつけ合っては、何度となく唇を重ね舌をからめた。

美枝子の熱く甘い吐息と、生温かくトロリとした唾液を味わううち、竹下自身は彼女の手のひらの中でムクムクと回復していった。

「すごいわ。もうこんなに大きく……」

美枝子は感心したように囁き、やがてシャワーの湯で互いの全身のシャボンを洗い落とした。

「ね、こうして……」

美枝子が彼を押しやりながら言い、竹下はバスタブのふちに腰を下ろし、バスマットに座っている彼女の鼻先で両膝を開いた。

美枝子が、すぐに顔を寄せてきた。

両手で押し包むようにして強ばりを支え、先端にチロチロと舌を這わせはじめる。

その表情や口元を見下ろしているだけで、竹下はゾクゾクと高まってきた。

美枝子の仕草は上品で、まるで手のひらの中にある小鳥かハムスターでも可愛がっているように優雅だった。

舌先で先端部を小刻みにくすぐり、ゆるやかな円を描くように、張りつめたグランスを舐め回し、さらに幹をたどって陰嚢にもしゃぶりついてきた。

大きく開いた口で睾丸を一つずつしゃぶって吸い、充分に唾液にヌメらせてから中央の縫い目をツツーッとたどり、再び幹の裏側を舐め上げた。

先端まで行くと、今度は口を丸く開いてスッポリと含み、そのまま喉の奥まで呑み込んでいった。

「ああ……」

竹下は、温かな口の中で、美女の清らかな唾液にまみれながら思わず声を洩らした。

美枝子は上気した頰をすぼめて吸い付き、内部ではクチュクチュと舌を蠢かせ、濃厚な愛撫を続けてくれた。

次第に吸飲と舌の蠢きが激しくなり、竹下の股間で彼女の熱い息が弾んだ。

竹下は舌に翻弄され、強く吸われながら最大限に膨張していった。

「ンン……」

美枝子は鼻を鳴らし、深々と含んで吸いながらゆっくりと引き抜いて、チュパッと軽やかな音を立てて口を離した。

そして先端を舐めてから再び含み、それを繰り返した。

竹下は急激に高まり、後戻りできないほどの快感に喘いだ。

「ダメだよ。いきそうだ……」

警告を発したが、美枝子は口を離さなかった。

むしろ顔全体をリズミカルに前後させ、唾液にヌメった唇でスポスポと強烈な摩擦を続けたのだ。

張り出したカリ首が前後にこすられ、内部では舌も尿道口の下の敏感な部分に触れてくる。

「く……！」

竹下は呻き、たちまち激しい絶頂の快感に全身を貫かれてしまった。

いいのだろうか。美枝子の口に出して……。一瞬そう思ったが、もう勢いは止まらなかった。

竹下は身を震わせながら、二度目とも思えない大量のザーメンをドクンドクンと憧れの美女の口に噴出させてしまった。

「…………」

美枝子は、喉を直撃されても口を離さず、なおも歯を当てないようにモグモグと口を動かして刺激し続けた。

やがて口の中がいっぱいになると、美枝子は少しずつ喉に流し込んでいった。

（の、飲まれてる……）

竹下は思い、感激と快感の中で胸を震わせた。

彼女の喉がゴクリと鳴るたび、口の中がキュッと締まってダメ押しの快感が得られた。

やがて禁断の快感も徐々に弱まり、竹下はようやく最後の一滴をドクンと脈打たせて力を抜いた。

美枝子も全て飲み干し、それでもなお余りを求めるように、ヌメった尿道口を執拗に舐め尽くした。

「も、もう……」

射精直後で過敏になった先端を刺激され、竹下は降参するように言ってバスタブのふちから降りた。

5

「ごめんなさいね。いきなり呼び出したりして」

美枝子と結ばれてから二日後、また竹下は彼女に呼ばれて会っていた。

待ち合わせ場所で彼女の車に乗り込むと、美枝子は何と、町はずれのラブホテルへと入っていったのだ。

「今日は、自宅じゃないんだね」

個室に入った竹下は、彼女のセーラー服姿を思い出しながら言った。

「ええ、昨夜主人が帰ってきたの」

「え……？　い、いいのかい？　こんなところに入っていて」

竹下は、戸惑いながら訊いた。

「いいのよ。実は、理由があるの」

美枝子は、バスルームに行って湯を張って戻り、コーヒーを入れながら言う。

「今日、片桐くんが家に来る予定なの。それで、私はわざと出てきてしまったわけ」

「どういうこと？　亭主と彼をカチ合わせる気かい？」

竹下の問いに、美枝子は悪戯《いたずら》っぽく笑い、テーブルにコーヒーを注《つ》いだカップを二つ置いて向かいに座った。

「片桐くんが会ってくれってしつこいから、今日の午後二時、家に来てくれって言っておいたの」

「それで……？」

「主人には、同窓生のストーカーにつきまとわれて困ってるって、昨夜相談したわ」

「じゃ、片桐が来たら、旦那と喧嘩になるだろう。……そ、それが目的？」

「ええ」

美枝子は頷《うなず》き、悠然とコーヒーを一口すすった。

「二人とも、キレやすい性格だから、きっと玄関で喧嘩になるわね。玄関には、主人が庭で運動するための金属バットやゴルフクラブがあるし、それに私は念のため、下駄箱の上の目立つ場所に植木鋏《ばさみ》も置いてきたわ」

「そ、それは……、どういうつもりだい？　片桐も、ああ見えて喧嘩は強いほうだぜ。旦那が返り討ちなんてことも……」

竹下は、コーヒーを飲む気にもなれず、笑みを含んでいる美枝子を見た。

「主人が殺されれば、遺産は私のもので、片桐くんは刑務所。被害者がその逆でも、離婚が成立して慰謝料が取れるわ」

「で、では君は、最初から共倒れを願って、そんな計画を……？」

「そう。明日には娘が旅行から帰ってくるから、今日でなくてはならなかったの」

「………」

「まあ、片桐くんが死なず怪我で済んだとしても、主人が傷害事件を起こしたのなら離婚は成立するでしょう」

「旦那が怪我をしていたら？」

「あなたがとどめを刺してくださる？　片桐くんのせいにして」

「おいおい……」

美枝子の表情からは、どこまで本気か窺《うかが》い知ることはできなかった。

「どうしたの、そんな青い顔をして」

美枝子が立ち上がり、竹下の手を引いてベッドへと誘った。

「それとも、もっと良い考えがある？　小説家なのだから」

美枝子は、彼のシャツのボタンを外しながら言い、自分も手早くブラウスを脱ぎはじめた。

「でも、心配しないで。私は自由が欲しいだけなの。あとから、あなたに面倒を見てなんてことは決して言わないわ」

やがて、お互い全裸になり、美枝子は竹下をベッドに押し倒して上からのしかかってきた。

「あらあら、こんなに小さく縮んじゃって」

美枝子が、竹下の股間に触れながら囁く。

竹下は混乱し、ただ身を投げ出しているだけだった。

美枝子は、いきなり彼の股間に屈み込み、先端を含んで舌で転がしはじめた。

たちまち竹下自身は、温かな美枝子の唾液にどっぷりと浸りながら舌の刺激を受け、心とは裏腹にムクムクと少しずつ変化してきてしまった。

美枝子は満足げに息を弾ませ、喉の奥まで深々と呑み込んで吸い、激しく舌を蠢かせ続けた。

やがて完全に勃起した竹下は、もう何も考えることを止め、今は欲望に身を任せることにした。実際、今の話が本当だとしても、美枝子の思惑通りに事が運ぶとは限らないのである。

「ね、上になって……」

美枝子が肉棒から口を離して言い、添い寝してきたのを機に、竹下も身を起こして彼女にのしかかっていった。

上からピッタリと唇を重ねて舌を差し入れ、美女の甘く濡れた口の中を隅々まで味わった。

そのまま白い首筋を舐め下り、巨乳へと移動していく。乳首を含んで吸い、舌先で弾くように舐めると、

「ああッ……！」

美枝子は熱く喘ぎ、胸元や腋から甘ったるいフェロモンを揺らめかせて悶えた。

竹下は両の乳首を交互に舐め、たまに軽く歯を当てて刺激してから、柔肌をたどりながら下降していった。

ムッチリと量感ある白い内腿の間に顔を割り込ませ、腰を抱え込みながら美枝子の中心部にギュッと顔を埋めた。

柔らかな恥毛に鼻をくすぐられ、隅々に籠もる悩ましい女の匂いを胸いっぱいに吸い込みながら、竹下は舌を這わせていった。

「アア……、き、気持ちいい……」

美枝子が、うっとりと口走った。

竹下は、大量の愛液の湧き出す花弁を舐め回し、果ては、巨大なスイカにでもかぶりつくように、グイグイと顔を押しつけて奥まで舌で探り、愛液をすすりながらクリトリスを執拗に舐め上げた。

さらに竹下は、彼女の両脚を浮かせてお尻の谷間まで念入りに舐め、可憐なピンクの蕾を舌先で刺激した。

「あん……、お願い、来て……」

美枝子が腰をクネクネさせて言い、ようやく竹下も身を起こして股間を押し進めていった。

正常位で先端を花弁に押し当て、一気に挿入した。

「あう……！　い、いいわ……」

美枝子が身を反らせて喘ぎ、下からシッカリと彼の背に両手を回してきた。

竹下自身は、ヌルヌルと滑らかに根元まで呑み込まれてゆき、互いの股間を密着させながら身を重ねた。

そして竹下は、ズンズンと最初から勢いよく律動を開始し、大量の愛液に潤う柔肉を搔《か》き回すように突きまくった。

「アアーッ！　す、すごいわ。すぐいきそう……！」

美枝子が狂おしく喘ぎ、下からも股間を突き上げてリズムを合わせてきた。

しかし竹下は彼女の両脚を抱えながら身を起こし、いきなりヌルッと引き抜いたのだ。そして美枝子が怪訝《けげん》に思う隙も与えず、唾液に濡れている彼女のお尻の蕾に先端を押し当てた。

スプッと押し込むと、細かな可憐な襞が丸く押し広がり、今にも裂けそうなほどピンと張りつめて光沢を放った。

「あう！　な、何するの……」

美枝子が驚いて目を見開き、違和感と痛みに眉《まゆ》をひそめた。

「君の、唯一残った処女の部分が欲しかったんだ」

竹下は囁きながら、ズブズブと根元まで貫いてしまった。強く押し込むと、美枝子の豊かなお尻の丸みが下腹部に当たって弾み、何とも心地よかった。

「い、痛いわ。やめて、お願い……」

美枝子が哀願するように言うが、竹下は強引に腰を突き動かし、あっという間に快感に貫かれてしまった。

狭い内部で強《した》かに放出すると、中に満ちるザーメンで、動きが多少ヌラヌラと滑らかになった。

やがて最後の一滴まで絞り出し、竹下は満足して動きを止めた。

「ああ……、ひどい人ね……」

美枝子が恨みがましく言ったが、もう感覚も麻痺《まひ》したようにグッタリと身を投げ出していた。

ジックリ余韻を味わってから身を離したが、幸い裂傷も負わず、竹下の体液にヌメる蕾は、元の可憐な形状に戻った。

「こんなの初めて……。痛かったけど、刺激的だったわ……」

美枝子は、さして気分を害した風もなく言った。淫らな熟女になると、何でも快感に変えてしまうのかもしれないと竹下は思った。

「でも、どうして僕と……？」

竹下は、まだ息を弾ませている美枝子に添い寝しながら言った。

「最後の不倫を、竹下くんと楽しみたかったの。やがて人妻でなくなったら、不倫はできないもの。あとは、ふつうの恋がはじまるだけ」

美枝子が言う。片桐も、確か似たようなことを言っていた。

（結婚って、いったい何なんだ……）

竹下は思い、自分は結婚していなくて本当に良かったと思うのだった。

甘えないで

1

「声、いつも聞こえるでしょう。ごめんなさいね……」

ドアの前で、隣室の優子《ゆうこ》が済まなそうに俯《うつむ》いて言った。

「いえ……」

藤夫《ふじお》も小さく答え、頭を下げただけですぐ部屋に入ってしまった。

コンビニの買い物からアパートに帰ると、やはりパートから戻ったところらしい隣室の優子にばったり会ったのである。藤夫はいつも、優子を思ってオナニーしているから、それが恥ずかしくてろくに言葉も交わせなかったのである。

そして実際に藤夫は、優子と夫のセックスの喘《あえ》ぎ声を聞くのが楽しみだったのだ。

（でも、彼女が言ったのは、その声のことじゃないだろうな……）

藤夫は、買い物してきたものを冷蔵庫にしまいながら思った。

優子が気にした声とは、グータラ亭主の酔っぱらった怒号や、暴力をふるわれた優子の悲鳴のことだろう。

（何とか、あのゴミクズ亭主は死んでしまわないものだろうか……）

藤夫は、いつも優子への慕情や欲望と同時に、彼女の亭主への底知れぬ怒りが湧いてくるのだった。

大草《おおくさ》藤夫は二十二歳。美大の在学中にマンガ家デビューしたので中退し、今はそこそこに食っていかれるほどの仕事が回ってくるようになった。

そろそろ、こんな六畳一間に狭いキッチン、バストイレだけのボロアパートから出られるぐらいの蓄《たくわ》えもできたのだが、学生時代から住んで馴染《なじ》んでいるし、藤夫のマンガはいわゆるヘタウマというもので、特にアシスタントを雇う必要もない類《たぐい》なので、それほど広い住まいは要《い》らないのである。

そして何より藤夫は隣室の人妻、優子と離れがたく思っているのだった。

隣室も同じ間取りだろう。伊村《いむら》優子は三十歳前後、子はなく色白で万事に控えめな和風美人。藤夫の中では天女のように清らかなイメージだった。

（それがなぜ、あんな虫ケラみたいな男と一緒になったんだろう……）

優子の亭主、伊村は彼女より一つ二つ年下だろう。働いている様子はなく、たまに朝に出勤したような様子があっても、それが何日も続いたことはなかった。よくコンビニに行く途中のパチンコ屋に出入りしている姿を見かけるし、夜は飲み歩いて大荒れで帰宅し、何のかんのと文句をつけては優子に殴る蹴るの暴力をふるっているのだ。

そしてひとしきり気が治まると、今度はレイプまがいのセックスが始まる。

優子は、駅前のデパ地下の食料品売り場にパートに出ている。亭主が優子に、もっと実入りの良い夜の仕事をさせないのは幸いだが、あるいは優子はお嬢さま育ちっぽいから、実家からの援助もあるのかもしれない、と藤夫はあれこれ想像していた。

それほど、四六時中アパートの部屋に籠《こ》もっている藤夫にしてみれば、全ての物音が聞こえてくる隣室の全てを把握しているようなものだったのだ。

とにかく彼女もいない藤夫にとって、隣室で行われる週に二、三回の夫婦生活は貴重なオナニーネタだった。だから、その前の夫の暴力には必死に耳を塞《ふさ》ぎ、怒りを抑えながら、その後の喜悦の声を楽しみにしているのである。

そして次第に、オナニーへの欲求ばかりでなく、優子というたおやかでひたむきな女性に恋心を抱き、いつしか熱い思いを寄せるようになってしまったのだった。

しかし消極的で、女性とまともに話などしたことのない藤夫は、思うばかりでただひたすら原稿に向かい、ペンを走らせる毎日を送っていた。

そんなある日、コンビニの帰り道に藤夫は伊村とばったり会ったのだ。彼は公園のベンチで缶ビールを飲んでいた。

「よう。一緒に飲まねえか」

「いえ……」

「そう言うな。話がしてえんだ。そらよ」

伊村は、もう一本の缶ビールを開けて差し出してきた。

あまり遠慮して逆上されると怖いので、仕方なく藤夫は公園に入り、並んでベンチに座った。あまり飲める方ではないが、暑い日だったので冷たいビールは案外心地よく喉を通過した。

「部屋にはクーラーもないからな、ここにいる方が涼しいんだ」

パチンコで少しは勝ったのだろうか、伊村は機嫌が良さそうだった。

「あんたのマンガ、たまに本屋で見るよ、大したもんだなあ。俺も、これでも前はデザイン事務所に勤めていたんだぜ」

伊村が言う。すさんだ顔立ちをしているが、それほど頭は悪くなさそうだ。結局、優子に八つ当たりするだけの内弁慶なのかもしれない。そして自分のことを棚に上げ、仕事が続かないのも常に誰か他の人間や世の中のせいにばかりしているのだろう。

「あんなにマンガが売れてりゃ、もっといいマンションあたりに住めるだろうによ、ひょっとして優子に惚《ほ》れてるかい？」

伊村が言い、下卑《げび》た笑みを浮かべて藤夫の横顔を見た。

「そんなこと……」

藤夫は、伊村に対する嫌悪感で胸糞が悪くなってきた。だが、もちろん何か言い返せるような度胸はない。

「一時間、一万円でどうだ」

「え……？」

「貸してやるって言ってるのさ。風俗で働かせる気はねえが、あんたみたいな真面目でおとなしい男なら、俺は構わねえぜ」

「…………」

藤夫は何も言えず黙っていた。もちろん幾ら払ってでも優子を抱きたいが、それは彼女と一対一の話し合いで行ないたいし、こんな男に許可をもらうのは御免だった。

それに、もし藤夫が承諾でもしたら、

「冗談で言ったのに本気にしやがって、この野郎！」

などとキレられるような気もした。

「いい女なんだけどな、三年も一緒だと、つい居て当たり前と思うようになっちまう」

急に、伊村がしみじみと話しはじめた。

「最初は嬉しかったが、年中そばにいると匂いにも感触にも飽きる。ま、これで逃げられたら悔《く》やむんだろうな。あの時もっと優しくしておけば、なんてな」

「そう思うなら、いま優しくすりゃいいじゃないですか」

藤夫は言ってみた。だが伊村が突然キレる様子はなかった。

「ああ、そう思うんだがなぁ。だがあいつの優しさに接していると、どうにも恨みがましくて、心ん中で俺をバカにしているような気がして、ついイラついちまうんだ」

伊村は言い、空のアルミ缶を握りつぶしてゴミ箱に放り込んだ。

2

その夜は、伊村も荒れることなく、すんなりと夫婦生活が始まったようだ。

藤夫は仕事の手を休め、そっと壁ににじり寄って耳を押し当てた。

「アア……、ダメ、そこは……」

優子の甘い声が聞こえてくる。それにシーツの衣擦《きぬず》れの音と畳のきしむ音が入り混じった。

藤夫はズボンと下着を脱ぎ、たちまち勃起してきたペニスを露出させ、リズミカルにしごきはじめた。美人妻のナマの声に激しく興奮が高まるが、彼女のフィニッシュにはまだ間がある。

藤夫は経験上、優子と絶頂を一致させるタイミングが分かるようになっていたのだ。

（一体どこを愛撫しているんだろう……。あの巨乳か、クリトリスか、それともお尻の穴か……）

藤夫は想像を巡らせながら、右手の動きを速めていった。

あのゴミ亭主は、丁寧に隅々まで愛撫しているんだろうか。いや、年中一緒にいて飽きたと言っていたから、オナニーよりマシぐらいの気持ちで、いい加減にしているに違いない。

優子の熟《う》れた肌は、どんな感触だろう、汗ばんだ股間はどんな匂いがするだろう。

恋人を持った経験もなく、風俗体験も一、二回しかない藤夫にとって、その想像の中では天女の肉体は夢のように素晴らしいものだった。

「あう……！」

優子が息を詰めて呻《うめ》いた。おそらく伊村がのしかかり、挿入したのだろう。

あとは彼女の熱い喘ぎ声と、ギシギシと動く音だけが繰り返された。

やがて優子が絶頂を迎えたらしく、ひときわ激しい声を上げた。同時に藤夫も、激しい快感に貫かれた。

「あぁーッ……！」

熱い大量のザーメンをドクドクとティッシュに放出し、ようやく全身の力を抜いた。

隣室では、伊村も果てたように静かになっている。それほど時間もかけない、乱暴で性急なセックスだったろうに、それでも必ず優子は絶頂に達しているようだ。

(短時間だけど、ちゃんとイクというのは、もともと感じやすくてセックスに飢《う》えているからか。それともゴミ亭主のモノが大きいのかもしれない……)

空しさの伴う快感の余韻の中で、藤夫はあれこれ思いながらも、標準サイズ以下の自分を情けなく思った。

とにかく気を取り直し、藤夫は仕事に戻った……。

――翌日、昼に起きた藤夫は顔を洗い、またコンビニに買い物に出た。

そして戻ると、すぐにドアがノックされ、優子が訪ねてきた。今日はパートはお休みらしい。

「あの、お留守中にお荷物が届いたので預かってます」

彼女は段ボール箱を抱えていた。

「あ、それは済みません」

たぶん故郷から果物でも送ってきたのだろう。藤夫はすぐに彼女から箱を受け取った。その時、ふんわりとした彼女の甘い汗の匂いと、かぐわしい吐息を感じてしまった。

危《あや》うく箱を落としそうになりながら、藤夫は頰を赤くして言った。

「あの、たぶん果物なので、よろしかったら少しもらってください。僕一人では多いので」

藤夫は言い、優子を玄関に待たせて、奥へカッターを取りに行った。

「いいんです、そんな……」

「いいえ、ぜひどうぞ」

カッターの刃を出しながら戻り、藤夫は手早く箱を開けた。故郷では葡萄《ぶどう》園をやっており、開けると、思った通り葡萄とワインが二本入っていた。

藤夫は葡萄を何房かとワインを一本取り出し、優子に渡そうとした。

「あの、お願いがあるんですが……」

すると優子が、思い詰めた表情で口を開いた。

「はあ、何でしょう」

「少しの間、ここに居させてもらえないでしょうか……」

言われて面食らったが、困っている様子なので、藤夫はとにかく彼女を中に入れ、ドアを内側からロックした。

話を聞くと、どうやらサラ金の取り立てが来そうなので部屋に居たくないようだった。伊村は、今日は珍しくパチンコではなく仕事の面接に行っているらしい。

「わかりました。構いませんので」

「済みません。どうか、構わずお仕事なさってください」

優子は恐縮して言い、部屋の隅に座った。

六畳間には万年床と、仕事用の座卓に本棚、小型テレビだけだ。

「仕事は、ちょうど一段落したところなので」

せめて布団をたたもうとすると、

「あ、私がいたします」

優子も手を伸ばしてきた。その時に身体が触れ合い、藤夫は一瞬にして全身が痺《しび》れるような興奮に包まれた。あるいは優子の熱い欲望が、肌を通して伝わってきたのかもしれない。

思わず藤夫は、彼女の豊かなブラウスの膨《ふく》らみに顔を埋《うず》め、そのまま布団に押し倒していた。

自分でも、そんな行動力があるとは信じられず、頭も身体もぼうっとして、まるで何ものかに操られる感じだった。

「あ……！」

下になった優子は小さく声を上げ、咎《とが》めるでもなく、そのまま両手でギュッと彼の顔を胸に抱きすくめてきた。

柔らかな膨らみが顔中を覆い、何とも甘ったるく生温かなフェロモンが藤夫の鼻腔をうっとりと満たした。

一体どうしてこうなったのか、混乱と興奮で何も考えられなくなっている。しかし、とにかく優子は拒んでおらず、むしろ自分から求めている感じだった。こうなれば、もう言葉など必要ないだろう。

膨らみに顔を埋めていると息苦しくなり、藤夫がようやく顔を上げると、すぐに優子の唇がピッタリと重なってきた。

「ウ……！」

唐突に間近に迫った白い顔に驚くように、藤夫は小さく呻いて動きを止めた。

優子は柔らかな唇を密着させ、熱く甘い吐息を弾ませながら、ゆっくりと上になっていった。

藤夫は仰向けになり、美人妻の口づけを受けながら力を抜いた。

やがてヌルリと舌が侵入し、慈《いつく》しむように藤夫の口の中を隅々まで舐《な》め回してきた。藤夫は彼女の、湿り気を含んだ息の甘さと、とろりと注がれる温かな唾液に酔いしれた。

舌をからませ、息と唾液が混じり合いながら、優子は執拗《しつよう》に唇を離さなかった。気がつくと、彼女はディープキスを続けながらブラウスのボタンを外しはじめていた。

ようやく唇が離れると、唾液が淫《みだ》らに糸を引いた。

「脱いで……」

優子が囁《ささや》き、藤夫のTシャツをたくし上げはじめた。藤夫が横たわったまま脱ぎ去ると、彼女はさらに彼の短パンとブリーフまで引き脱がせ、たちまち全裸にさせてしまった。

優子は自分もブラウスとスカートを脱ぎ、ブラとショーツを取り去って同じように一糸まとわぬ姿になった。

（これは夢だ……）

藤夫は仰向けのまま朦朧《もうろう》とし、優子の熟れた豊満な肌を見上げていた。

「すごい、硬いわ。こんなに大きくなって……」

優子はやんわりと勃起したペニスを握って囁き、再び屈み込みながら、今度は藤夫の乳首に吸い付いてきた。

「ああッ……」

藤夫は電撃のような快感に声を洩らし、少女のようにクネクネと身悶《みもだ》えた。

優子はペニスを弄《もてあそ》びながら優しく舌を這《は》わせ、たまに強く吸い、時には軽く歯を当てて嚙《か》んだ。甘美な痛み混じりの快感に、藤夫はゾクリと震《ふる》えを走らせながら、必死に暴発を堪《こら》えていた。

3

「ああ……、もう……」

藤夫は降参するように口走った。

「出そう？　いいわ。その方が落ち着いて、あとでゆっくりできるわね……」

優子が言い、そのまま彼の股間に移動して熱い息を吐きかけてきた。そして舌を伸ばし、ピンピンに張りつめた亀頭を舐め回し、尿道口から滲《にじ》んでいる粘液をすすってくれた。

「ああ……」

藤夫はペニスをヒクつかせて喘いだ。

優子は舌先で幹を這い下り、緊張に縮こまっている陰嚢までしゃぶってくれ、二つの睾丸をそっと吸ってから、再びペニスの裏側をツツーッと舐め上げてきた。

先端まで舐めると、今度はスッポリと喉の奥まで呑み込み、温かく濡《ぬ》れた口の中でクチュクチュと舌を蠢《うごめ》かせた。

熱い息が恥毛をくすぐり、根元まで含んだ唇が丸く締め付けてくる。優子は上気した頬をすぼめて強く吸い、果ては顔全体を上下させてスポスポとリズミカルに摩擦してきた。

何やら体中が、この美女の甘い匂いの口に含まれ、舌で転がされているようだった。

「アア……、出る……！」

もう限界だった。

藤夫は口走り、優子の清らかな唾液にまみれながら激しい快感の嵐に巻き込まれてしまった。

昨夜のオナニーとは比較にならない快感のなか、藤夫はありったけのザーメンを天女の口の中に噴出させた。

「ンン……」

喉を直撃されても優子は口を離さず、小さく呻きながら、咳《せ》き込まぬよう巧みに喉に流し込んでいった。ゴクリと音を立てて飲み込まれるたび、口の中がキュッと締め付けられて新たなザーメンが脈打った。

（ああ……、飲まれている……）

藤夫は腰をよじりながら、自分の出したものが美人妻の体内に入っていく悦《よろこ》びに感激した。自分のザーメンが、この美女の栄養になっていくのだ。それは風俗では体験できなかった、心からの充足感であった。

ようやく最後の一滴まで絞り尽くすと、藤夫はグッタリと力を抜いて身を投げ出した。

優子も吸引を止めてスポンと口を離し、なおもヌメっている先端を念入りに舐めて清めてくれた。その刺激に、過敏になっている亀頭がヒクヒクと震えた。

そして優子が愛撫を終えて添い寝してくると、藤夫は彼女に腕枕してもらい、再び巨乳に頰を押し当てながらうっとりと快感の余韻に浸った。

「甘えるのが好きなの……？」

優子は彼の髪を撫《な》でながら、甘い息で囁いた。

「男は、みんな甘えたがるのね。本当は私がうんと甘えたいのに……」

優子は呟《つぶや》くように言い、自分から藤夫の口に乳首を押し当ててきた。

藤夫はチュッと吸い付き、豊かで柔らかな膨らみに顔を埋め込んだ。舌で転がすと、乳首はコリコリと硬くなり、生ぬるく甘ったるい匂いが悩ましく揺らめいた。

それにしても見事な巨乳だ。目の前いっぱいに白い肌が広がり、うっすらと静脈が透けている。

藤夫は徐々に回復しながらもう片方の乳首にも吸い付き、さらに胸元に滲む汗を舐め取り、フェロモンに誘われるように腋《わき》の下にも顔を埋め込んでいった。

そこは色っぽい腋毛が煙《けぶ》り、何とも甘くかぐわしい汗の匂いがタップリと籠もっていた。藤夫は舌を這わせ、そのままゆっくりと柔肌を舐め下りていった。

「ああン……」

優子が目を閉じ、うっとりと声を洩らした。

藤夫は中央に戻り、四方から均等に肌が張りつめて形良い臍《へそ》を舐め、さらに腰から太腿に下降した。

まだまだ肝心な部分は最後に取っておきたかった。

藤夫は足首まで舐めると、摑《つか》んで足を持ち上げ、足の裏から指の股にまで舌を這わせていった。風俗嬢では感じられなかった、ナマのフェロモンを隅々まで知りたかったのだ。

「アアッ……、ダメ、汚いわ……」

優子は身をくねらせて言ったが、藤夫は汗と脂に湿り、微かな匂いを籠もらせている指の股を全て舐め尽くしてしまった。

もう片方の足も同じようにし、味も匂いも消え去るまで堪能《たんのう》した。

そしていよいよ、滑らかな脚の内側を舐め上げ、藤夫は腹這いになりながら彼女の中心部に向かって顔を進めていった。

優子も僅かに立てた両膝を開き、恥じらいに腰をくねらせながらも待ち受けていた。

白くムッチリとした内腿の間に顔を割り込ませると、生ぬるい熱気と湿り気が、艶めかしい熟れた女の匂いを含んで彼の顔に噴き付けてきた。

黒々とした恥毛が震え、真下のワレメからはピンクの陰唇がはみ出していた。それは蜜にぬめり、いまにもトロリと滴《したた》りそうなほどシズクを膨らませていた。

そっと指を当てて左右に開いてみると、午後の陽射しに中身が丸見えになった。ぬめぬめと潤《うるお》う柔肉が妖しく息づき、膣口周辺に入り組む襞《ひだ》には小泡混じりの愛液が微かに白濁して溜まっていた。真珠色のクリトリスは包皮を押し上げるようにツンと勃起し、藤夫はその眺めにしばし見とれた。

「アア……、そんなに見ないで……」

優子が顔をのりぞらせて言う。

藤夫は屈み込み、とうとう茂みの丘に鼻を押しつけてしまった。

柔らかな感触にくすぐられながら、藤夫は鼻をこすりつけて隅々に籠もった女の匂いを胸いっぱいに吸収した。甘ったるい汗と、ほんのり刺激的な残尿、それに女性特有の分泌物がミックスされ、何とも言えない芳香が直接股間に響いてくるようだった。

「いい匂い……」

「ダメ！　シャワーも浴びてないのに……」

思わず洩らした藤夫の呟きに、優子は激しく反応し、量感ある内腿でキュッと彼の顔を締め付けてきた。

しかし藤夫は執拗にクンクン鼻を鳴らして濃厚フェロモンを嗅《か》ぎ、ワレメに舌を這わせていった。大量の愛液がネットリと舌を濡らし、淡い酸味と柔襞の感触が伝わってきた。

「アアッ……！」

優子が声を上ずらせ、ビクッと肌を震わせて喘いだ。

藤夫は膣口周辺の襞を掻《か》き回すように舌を蠢かせ、そのままコリッとしたクリトリスまで舐め上げていった。

「あう、気持ちいい……」

優子が吐息混じりに口走った。

おそらく伊村は性急に突っ込むばかりで、こんなに念入りに舐めたりしないのだろう。

藤夫は、彼女が感じてくれているのが嬉しく、執拗に舐め回した。

さらに優子の両脚を抱え上げ、白く豊満なお尻の谷間にも鼻先を潜り込ませていった。

両の親指でムッチリと双丘を開き、キュッと閉じられた薄桃色のツボミに顔を埋めた。

当然、このボロアパートにはトイレ洗浄器も付いておらず、その部分は生々しく秘めやかな芳香を籠もらせていた。

藤夫は嬉々として、天女の匂いを貪《むさぼ》りながら細かな襞に舌を這わせた。そして唾液に濡らし、舌先を押し込んでヌルッとした粘膜の感触を味わった。

「アアッ……、ダメ、そこは、汚いから……」

優子は浮かせた脚をガクガクさせて悶え、藤夫は心ゆくまで味わってから、ようやく脚を下ろして再びワレメに舌を戻していった。

4

僅《わず》かの間に、ワレメは愛液が大洪水になっていた。藤夫は舌ですくい取り、クリトリスに吸い付きながらヌルッと膣口に指を押し込んでみた。

「く……！」

優子が息を詰め、それでも拒まずに肌を震わせていた。

藤夫は指を出し入れするように動かしながらクリトリスを舐め、そっと目を上げると、彼女は自ら巨乳を揉みしだき、丸い顎《あご》をのけぞらせていた。

「お、お願い、本物を入れて……」

やがて優子が挿入をせがみ、ようやく藤夫も指を引き抜き、彼女の股間から顔を上げた。

指の腹は湯上がりのようにふやけてシワになり、大量の愛液にまみれていた。

そのまま身を起こし、張りつめた亀頭をワレメに押し当てていく。彼女の匂いを感じているうち、ペニスはすっかり回復していた。

緊張に胸が弾むが、それ以上に欲望と期待が大きい。ぐいっと腰を進めると、ペニスはヌルッと滑らかに潜り込んだ。

「あう……！」

優子が呻き、下から両手を差し伸べて藤夫を抱き寄せてきた。先端が入ってしまうと、あとはヌルヌルッと吸い込まれてゆき、やがて藤夫はピッタリと股間を密着させて身を重ねた。

中は熱く濡れ、柔肉が何とも心地よく締め付けてきた。藤夫はしばし動かず、天女の温もりと感触を嚙みしめた。

「ああ……、突いて、奥まで……」

優子が熱く甘い息でせがみ、待ちきれないように下からズンズンと股間を突き上げてきた。それに合わせ、徐々に藤夫も腰を突き動かしはじめた。

 胸の下では柔らかな巨乳がクッションのように弾み、こすれ合う恥毛の感触とともにコリコリする恥骨の膨らみまで感じられた。

藤夫は彼女の肩に手を回して肌を密着させ、次第にリズミカルにピストン運動を開始した。快感は大きいが、口内発射したばかりなので早々に暴発する心配はなかった。

むしろ優子の方が乱れに乱れ、藤夫の背に爪を立てながら狂おしく悶えていた。

「ああン、ダメ、気持ちいい、いきそう……!」

優子は熱く喘ぎながら、何度かブリッジするように彼を乗せたままガクガクと腰を跳ね上げた。

藤夫は必死にしがみつきながら律動を続け、屈み込んでは乳首を吸い、伸び上がっては甘い匂いの唇を舐めた。

「い、いくう……!」

たちまち優子が口走って反り返り、そのままガクガクと全身を波打たせた。とうとう本格的なオルガスムスに達してしまったようだ。

同時に膣内がキュッキュッと心地よく締まり、ペニスを奥へ奥へと呑み込むような蠢《しゅん》動《どう》が繰り返された。

その艶めかしい感触に堪らず、藤夫も続けて絶頂に達してしまった。

「ああッ……！」

喘ぎながら股間をぶつけるように動かし、ありったけのザーメンを天女の柔肉の奥にほとばしらせた。

肌がぶつかり、濡れた粘膜が摩擦され、溢れる愛液が彼の陰嚢まで濡らしてクチュクチュと淫らな音を立てた。

「あ、熱いわ……」

子宮の入り口を直撃するザーメンの噴出を感じ取ったか、優子が口走って締め付けを強めてきた。

藤夫は最後の一滴まで出しきり、ようやく動きを止めてグッタリと彼女に体重を預けた。

優子も力尽き、緊張を解いて手足を投げ出した。

重なったまま熱い呼吸を混じらせて、藤夫は間近に彼女の甘い吐息を感じながら、うっとりと快感の余韻に浸り込んだ。

「すごく、良かったわ……」

まだ忙しげに喘ぎながら、優子が耳元で囁いた。藤夫が思い出したように、まだ深々と入り込んだままのペニスをピクンと震わせると、優子もそれに応えるようにキュッと締め付けてきた。

「ね、また来てください……」

藤夫は懇願するように言った。一度きりではあまりに呆気《あっけ》ない。伊村は怖いが、そのスリルも快感に拍車をかけていた。

（いや、まさか、彼女はあいつに言われて僕に抱かれたんじゃないだろうな……）

ふと、伊村の昨日の話を思い出した藤夫は不安になった。今に、優子が金の請求をするのではないかと心配になったのだ。

もちろん言われれば素直に払うが、伊村が承知しているというのが気に入らなかった。

「いつまでもこのお部屋にいるの……？」

優子が、唐突に言う。

「え……？」

「もし、もっと別の場所に引っ越すのなら、いつでも会いに行きます……」

優子が言った。なるほど、年中部屋でゴロゴロしている伊村の、隣の部屋でするのは気が引けるのだろう。

言われて藤夫は、急に引っ越しをする気になってしまった。これからも優子と会えるのなら、いつまでもこんなボロアパートに居続ける必要はないのだ。

「わかりました。早急に考えます」

藤夫は答え、ようやくペニスを引き抜き、彼女に添い寝した。どうしても、彼女の巨乳を求めて腕枕される体勢になってしまう。

「本当に、甘えん坊さんなのね……」

「すみません。そのうち必ず、貴女に甘えてもらえるほどの男になりますから……」

藤夫は言い、再び優子の甘いフェロモンに反応しはじめてしまった。

「ひとつ、甘えてもいいかしら……」

藤夫の髪を撫でながら、優子が言う。

そらきた、と藤夫は思った。やはり彼女は伊村に言われて自分に抱かれ、金を要求してくるのだろう。

「もう一度して……」

しかし、彼女の答えは違った。

「若いのだから、もう一度ぐらい大丈夫でしょう。最後はうんと乱暴に、好きなようにして……」

優子は言い、ゆっくりと身を起こして彼の股間に舌を這わせてきた。そして自分の愛液とザーメンに濡れているペニスをしゃぶり、ムクムクと回復してくる幹に嬉しげに頬ずりしてきた。

「あう……、気持ちいい、奥さん……」

すぐにも反応しながら、藤夫はうっとりと言った。オナニーでも、良いネタがある時は三回続けてすることも珍しくないのだ。それが今日は、これほど美しい人妻にしてもらっているのだから、できないはずはない。

むしろ、あとで後悔しないよう体力の続くかぎりしておきたかった。

「優子って呼んで……」

「優子さん、もっと……」

言うと、彼女は喉の奥まで呑み込み、強く吸いながらチュパッと離し、さらに巨乳をこすりつけ、谷間で揉みしだいてくれた。

「ああ……」

藤夫はすっかり高まり、彼女の下半身を求めて引き寄せた。

優子も素直に身を反転させ、なおも舌や巨乳でペニスを刺激してくれながら、仰向けの藤夫の顔を上から跨《また》いできた。

藤夫は女上位のシックスナインに興奮しながら、下から再びクリトリスに舌を這わせた。膣口からは、自分自身の体液が僅かに逆流しているが、全く気にならなかった。

伸び上がって肛門も舐め、今度は彼女の前後の穴にそれぞれ指を差し入れてクリトリスを吸った。

「ンンッ……！」

再びペニスを喉の奥まで含みながら、優子が呻いて熱い息を彼の股間に籠もらせた。

藤夫の鼻先でクネクネと悶える豊かな双丘は、実に艶めかしかった。

「ああン……、もうダメ、早く入れて……」

優子がスポンとペニスから口を離し、新たな蜜を溢れさせているワレメを震わせた。

藤夫も急激に回復し、すぐにも挿入する気になっていた。

身を起こし、今度は優子を四つん這いにさせ、バックから貫いていった。

「アアッ！　いい……、すごいわ……」

優子が汗ばんだ背中を反らせて喘いだ。

藤夫は深々と挿入し、熱く濡れた柔肉に締め付けられながら彼女にのしかかった。

両脇から回した手でたわわに実る巨乳をわし摑みにし、丸いお尻の弾力を下腹部に感じながら、乱暴に腰を動かした。

バックスタイルは顔が見られず、彼女の舌や吐息を味わえないのが残念だが、お尻の感触はそれに匹敵するほど魅力だった。それに何より、俯《うつぶ》せで全てを藤夫に任せきった体勢が、何より彼を高まらせた。

「アアーッ！　ま、またいく……！」

優子が狂おしく身悶え、声を上ずらせてガクガクと痙攣《けいれん》しはじめた。実に、昇り詰めやすいたちなのだろう。

その勢いと膣内の収縮に巻き込まれ、藤夫もたちまち三度の射精をしてしまった。

「ああ……」

すっかり満足した藤夫はグッタリとなり、しばらくは動けなかった。

優子は先に息を吹き返したように、ノロノロと起き上がり、やがて身繕《みづくろ》いして静かに帰っていった。

あまりに夢中だったので、サラ金の取り立てが隣室をノックしたのかどうかさえ分からなかった。結局、優子は金を請求するでもなく、藤夫があげようとした葡萄やワインも持たずに出ていったのだった。

5

「いちいちうるせえんだよ、このバカ!」

夜になると、また隣室から伊村の怒声と、優子を叩いているらしい音が聞こえてきた。

まさか、自分との不倫がバレたのではないかと心配になり、藤夫は壁に耳を当てて聞いてみた。

しかし、彼の暴力の原因は藤夫ではなさそうだった。面接に行った先で小馬鹿にされて喧嘩《けんか》になり、酒を飲んで帰ってきたのを優子にたしなめられて逆ギレしたようだった。

ほっとしたのも一瞬のことで、藤夫は激しい怒りに包まれていた。ダメ人間の自分を棚に上げ、何の落ち度もない優子に暴力をふるっているのだ。

ましてや藤夫は今日、憧れの優子と肉体関係を持ったばかりなのである。優子の良さも分からぬゴミ男が、何年も彼女を独占したうえ精神的にも肉体的にも苦痛を与えているのだ。それを許すわけにはいかなかった。

（殺してやろうか……）

そう思いはしたが、もちろん自分にそんな度胸があるなどとは思っていなかった。

結局いつもの通り、暴れる物音や奴の怒声、叩かれる優子の悲鳴には耳を塞ぎ、そのあとのセックスを聞いてオナニーするぐらいしか自分にはできないのだろうか……。

しかし、その時である。

「大草さん！　助けて……！」

優子の声がし、壁がドンドンと叩かれたのだ。

（え……？　ど、どうしよう……）

藤夫は思わずビクリと立ちすくんだ。明らかに優子は、この自分に助けを求めているのである。

それを黙殺することだけは、いかに弱虫の藤夫にもできなかった。

彼は机に向かいカッターナイフを探した。だが見当たらない。その間も、壁がドンドンと叩かれている。

仕方がない。とにかく行こうと、藤夫は何も持たずに部屋を飛び出した。ノックもせず隣室のノブを回す。施錠されておらず、藤夫は中に難なく入ることができた。

やはり同じ間取りである。その座敷の中央に、何と伊村が仰向けに倒れていた。その喉も胸も畳も血まみれで、彼は目を見開いたまま痙攣を起こしていた。

「な、なにが一体……」

藤夫は、その惨劇に思わず腰を抜かして座り込んだ。

見ると、壁際に優子がへたり込み、口にハンカチを当てて震えているではないか。彼女に外傷はないようで、ハンカチも単に吐き気を抑えているだけのようだった。

余程うまく刺したのか、それとも偶然か、優子はほとんど返り血を浴びていなかった。

そして再び、藤夫は恐る恐る伊村を見た。

もう痙攣はやみ、夥《おびただ》しい血の噴出も治まっていた。すでに伊村は事切れていたのだ。

その彼の喉元には、深々と見覚えのあるカッターナイフが突き刺さっていた。

「ど、どうしたんです。とにかく警察か救急車を……」

「お願い、大草さん、私を助けて……」

優子が震える声で言った。

「もちろん、僕は何でもするけれど、どうしたらいいんです。まず電話を……」

藤夫は言いながら電話に向かおうとしたが、どうしても腰が立たなかった。

ところが、その時である。

サイレンの音が近づいてアパートの前で停まり、間もなく荒々しくドアが開いて数人の制服警官が入ってきたではないか。

そう、優子はすでに通報していたのだ。

その一瞬で、藤夫は全てを把握することができた。

優子は昼間、藤夫が宅配便の段ボール箱を開けたときのカッターナイフを、情事の済んだ帰り際、こっそり持ち去ったのである。もちろんハンカチに包んで。

そして夜、暴力をふるう夫に対し、隙を見てカッターを振るった。それほど彼女は連夜の暴力と、働かぬ夫に業《ごう》を煮やしていたようだった。

そして決行の時も、いま彼女が握りしめているハンカチにでも包んでカッターを握ったのだろう。

すなわち、伊村の喉に刺さっているカッターナイフに付いている指紋は、藤夫のものだけということになる。

「これはひどい。誰がやったんだ」

踏み込んできた警官が、死んでいる伊村を見下ろして言った。現場保存のため、まだ触れるわけにいかないのだろう。

すると優子は震えながら、藤夫の方を指した。

「この人が、夫にいじめられている私を助けてくれたんです……。だから、どうかこの人を重い罪にしないでください……」

優子は涙を溜めながら言い、熱い眼差しを藤夫に向けた。

二人の警官が左右から迫り、藤夫を引き立たせて手錠をはめた。

藤夫は、舌が痺れたように何も言えなかった。

それは、常に男を甘えさせる天女が、おそらく今日初めて、人に甘えた瞬間だろうと思ったからだった。

天使の蜜室

1

「あれ？　これは何だろう……」

皆川《みながわ》は、板壁のズレを見つけ、一枚の板が簡単に外《はず》れることを発見した。

引っ越してきたばかりで、ようやく荷物も片づいて落ち着いたところだ。

日当たりの悪い木造アパートの一階の北隅《すみ》、六畳一間にキッチンとバストイレだけの、リフォームもされず古くて汚い部屋だったが、何しろ家賃が格安だったので飛び込んだのである。

前の住人は夜逃げしたらしく、大家も置き去りにされた家財道具を処分し、急いで新たな住人を求めていたようだった。

皆川伸一《しんいち》は三十歳独身。ある出版社に勤めていたがこの不況で倒産となり、今はフリーターで知人の編集プロダクションの手伝いをしていた。

正式な社員だった頃は給料も良く、ワンルームながら都内のマンションに住んでいたものだが、今は定収入もなく、都下郊外のこんな前時代のアパート暮らしになってしまった。

まあ訪ねてくる恋人もいないから、寝る場所さえ確保できれば良いのだが、やはり落ちぶれた感は否《いな》めず、暗い気持ちになってしまった。

マンション時代に買ったばかりのベッドを持ち込んだから、あとはテレビだけで部屋はいっぱいとなり、本や着替えは押し入れに突っ込んだ。その時に、板壁のゆるみを見つけたのである。

一枚の板を外すと、皆川は中にあるものを発見した。

それは、一台の小型ビデオカメラだった。他に、ケースに入れられた8ミリカセットテープが数本置かれている。

見ると、テープの全《すべ》てには日付が書かれ、ビデオカメラの中にも、一本のテープが入ったままになっていたのだ。

「これは……」

カメラの先には、ピンポイントレンズが接続してあった。これは、直径一ミリの穴からでも盗撮できるという代物《しろもの》で、外した板壁を確認すると、やはりレンズの位置には節穴があった。

皆川はビデオカメラをテレビにつなげ、入ったままのテープを最初に巻き戻してから再生してみた。

やがて画像が現われてくる。

「うわ、すごい……」

それは、この部屋を撮ったものらしい。座敷の真ん中には布団が敷かれ、この部屋の前の住人だろうか、三十代ぐらいの男が映り、さらに全裸で仰向《あおむ》けになった美女にのしかかっていた。

女性は、二十代半ばぐらいで、何とも美しく整った顔立ちをしていた。色白で黒髪が長く、巨乳の割にウエストはキュッとくびれ、見事なプロポーションではないか。

どうやら彼は、恋人の女性が訪ねてくるたびに、こうして自分たちのセックスを隠し撮りしていたのだろう。リモコンも見あたらないので、恐らく相手が中座した隙にスイッチを入れ、急いで板壁を閉めたようだ。

それを彼は律儀に日付をつけて保管していた。しかし何らかの理由で最後はカメラにテープを入れたまま放置し、やがて充電も切れたようだった。

こんな大切なものを回収せず夜逃げしてしまうとは、よほど切羽詰《せっぱつ》まっていたか、あるいは他に誰かがいて板壁を外すことができなかったのかもしれない。

皆川は、一度に見てしまうのが勿体《もったい》ないのでビデオを止め、日付の古い順から見ていくことにした。

どうせ電話で呼び出されるまで、次の仕事はない。明日にかかってくるか、あるいは一週間後か、とにかく時間は有り余っているのだ。

画面は、固定カメラのためロングショットばかりだが、かえってリアルな迫力が伝わってきた。

男は、遊び人ふうではなく、七三に分けた髪をしていた。全裸だし壁に掛かったスーツなども見えないので分からないが、それでも皆川は、サラリーマンではないかという印象を受けた。

そしてボリュームを上げると、彼女の喘《あえ》ぎや男の声も聞こえ、男は彼女を『サチコ』と呼んでいた。

男は全裸のサチコを念入りに舌で愛撫し、そのたびに彼女は可憐《かれん》な表情で喘ぎ、のけぞり、艶《なま》めかしい反応を繰り返した。

男は、一度もビデオのほうを見たりしないし、ことさらに彼女の股間を広げて写そうという仕草もしていないので、よほど盗撮のことはひた隠しにしているようだった。

なるほど、サチコのほうは美しいばかりでなく気品があり、どこかの大金持ちのお嬢様のような雰囲気があった。全裸なので特に素性を表わすものはないが、唯一、彼女の左手薬指の指輪が見えた。

（人妻かもしれない……）

皆川は思った。

しかし、そんな美女が、一応好男子でサラリーマンらしいとはいえ、どうしてこんなみすぼらしいアパートに住んでいる男と付き合うのか分からなかった。

いや、あるいは男も、彼女がいつまでも自分の恋人でいるわけはないと思い、それで盗撮しているのかもしれない。それが、思い出のコレクションなのか、あるいは人妻である彼女をつなぎ止める脅迫の材料にするつもりなのかは分からないが。

それほど、サチコは素晴らしい女だった。

身悶《みもだ》えるたび、形良い巨乳が揺れ、透けるような色白の肌が徐々に薄桃色に染まっていった。

男はサチコの股間に顔を埋め、忙しい呼吸をくぐもらせながら舌を動かした。

「ああ……、ダメ……」

サチコが、何度かビクッと腰を跳ね上げながら口走った。

皆川は、最初はアダルトビデオより迫力あるテープを見つけて儲《もう》けものと思い、やがて男に嫉妬《しっと》さえしはじめた。そして次第に、自分自身が二人の行為を節穴から覗き見しているような気分になり、股間は痛いほど突っ張ってきた。

とうとう皆川はベッドに寄りかかりながらズボンと下着を下ろし、はちきれそうに勃起しているペニスを握りしめ、画面を見ながら激しくオナニーしてしまった。

そして男がサチコに正常位で挿入し、律動しながら二人とも昇り詰めていくと、皆川もそれに合わせて絶頂に達し、熱い大量のザーメンを放出した。

皆川は、少し休憩するとテープの続きを見て、さらにもう一本、もう一本と興奮しながら見てしまった。

あまりいっぺんに見るのは勿体ないので、日に三回も射精すると翌日に取っておき、なるべく少しずつ見るようにした。

いつしか皆川は、サチコに恋心を抱いてしまった。何しろ彼女は、何をされても嫌がらないし、どんな変態行為も拒《こば》まないのだ。

正常位によるノーマルなセックスは最初の一本だけで、やがてバックスタイルや女上位、さらに顔面発射までするようになってきた。

男も、決してサディストには見えないのだが、サチコが何でも応じてくれるため次第にエスカレートしていったのだろう。

そして久々に正常位で交わったかと思ったら、男はそのまま彼女の両脚を浮かせていったん引き抜き、続けて肛門に挿入していったのである。強引なアナルセックスをされても、サチコは可憐に悶えるだけで、どんな刺激でも全て快感に変えてしまう、まるで天使のような女だった。

皆川は毎回濃厚になっていくテープを見てはオナニーし、やがてある日、最後の一本を見始めた。

それは、最初は今までのような通常のセックスだったのが、途中から打って変わり、今度は男が下になって縛られ、天使のようなサチコが女王のように君臨していたのだった。

サチコは男に足指を舐《な》めさせ、顔に跨《また》がり、さらに垂らした唾液を飲ませたり、女上位で乱暴に交わったりしていた。

(す、すごい……)

今までの可憐なサチコを見てきたから、なおさらその構図は刺激的だった。

しかしビデオの途中で、いきなりドアがノックされた。

「うわ……!」

皆川は慌ててビデオのスイッチを切り、身繕《みづくろ》いしながら立ち上がってドアを開けた。

するると何と、そこに当のサチコが立っていたのである。

2

思わず、「あなたはサチコさん！」などと言いそうになるのを、咄嗟《とっさ》の判断で懸命に抑え、皆川は平静を装《よそお》って言った。

何しろ、お互い初対面なのである。

「な、何か御用でしょうか……」

皆川は、まるで憧《あこが》れのアイドルがいきなり訪ねてきたかのような感激と歓《よろこ》びに胸を高鳴らせて訊《き》いた。午後八時。皆川はコンビニ弁当の夕食を終えて、ビデオを見ながらオナニーしていたのだった。

「すみません。以前ここに住んでいた高原義之《たかはらよしゆき》さんを捜しているのですが……」

「は、はい……」

彼女、サチコが怖《お》ず怖《お》ずと言った。

着衣の彼女を見るのは初めてだ。清楚《せいそ》なブラウスにタイトスカート。ＯＬというより女教師のような雰囲気があった。もちろん、その指には結婚指輪が光っていた。

「いえ、僕は前の人とは何の関係もないので分かりませんが。大家さんは夜逃げだって言ってましたが」

皆川は言いながら、何とか少しでも長くサチコがここにいてくれないものかと思った。

「そうですか……、そうですわね。私も、無駄と分かっていながら、今まで何度も来ていたものですから、つい今日もここへ……」

サチコは答えながら、皆川の肩越しに室内の様子を窺《うかが》った。様変わりしたとはいえ、恋人の部屋だった場所が懐かしいのだろう。

皆川は彼女に、ちょっと上がっていきませんか、と言いたい衝動に駆られたが、あまりに不自然なので必死に言葉を嚙《か》み殺した。

しかし、幸運のきっかけはサチコのほうが作ってくれた。彼女は高まる感情を抑えきれなくなり、そのまま玄関にしゃがみ込んで泣き出したのである。

「あ、どうか思い詰めないで。少し休憩していきますか?」

皆川は言い、彼女の腕を摑《つか》んで立ち上がらせながら、開け放してあったドアを閉めた。

サチコも悪びれず、嗚咽《おえつ》に肩を震《ふる》わせながら素直に上がり込んできた。

皆川は、こんな美しい女性に一言も告げずに姿を消した男を憎いと思い、反面、彼女がそんな奴と縁が切れて良かったと思った。

このままサチコが自分のものにならないだろうかと、皆川は様々に思いをめぐらせた。

それでもベッドの端に座ると、彼女もすぐに泣きやみ、過去の風景を重ねているのか、しきりに室内を見回していた。

「落ち着きましたか?」

皆川は、急いでグラスを洗い、缶の烏龍茶《ウーロン》を注《つ》いで差し出した。

「ごめんなさい。私……」

サチコは烏龍茶を飲み、あらためて皆川を見つめてきた。

「いいんです。それほど、この部屋が懐かしかったんでしょう」

皆川が言うと、またサチコは室内に視線を這《は》わせはじめた。

皆川は、ふと思い当たった。

あるいは彼女は、知人などから彼が盗撮マニアだったことを聞き知り、それでビデオでも残っていなかったかと見に来たのではないだろうか。

そして皆川が、ビデオのことを切り出そうかどうか迷っている間に、サチコはテレビに接続されたままになっているビデオカメラと、その脇に積まれている8ミリテープの数々に目を留めた。

サチコはすぐに、皆川を正面から見つめてきた。深い色合いをした神秘的な眼差《まなざ》しに、皆川は思わず吸い込まれそうになった。

「サ、サチコさん……」

皆川は、無意識に口走っていた。

「見たのね。ビデオを」

サチコは言い、立ち上がって勝手に板壁の一枚を取り外した。そして中が空になっていることを確認し、再び皆川を振り返った。

「き、君は、彼に盗撮されていたことを知っていたのか……」

「いいえ。これをセットしていたのは私なのよ」

サチコが、妖《あや》しげな笑みを含んで言う。

「何だって……？」

「いつ私を捨てるか分からない彼の姿を、しっかり記録しておきたかったの。でも彼はいなくなり、ビデオを回収する暇もなく大家さんが家具を処分してしまって鍵も替わったから……」

してみると、サチコは泣き真似《まね》までして部屋に入ろうとしていたのだろう。そして隙を窺ってビデオを持ち帰ろうと思っていたが、すでに皆川に発見されていたのだ。置かれていたテープの日付を見ると、サチコは週に二回ぐらいの割でここへ来ていた。だから、もっと多くのテープがサチコの部屋にはあるのかもしれない。今月は、たまたま運び出す隙がなくて置きっぱなしになっていたのだろう。

「サチコさん。僕は」

皆川は切り出した。ビデオを見てしまったことが知られたのなら、もう何も隠す必要はない。

「初対面でこんなこと言っても信じてもらえないかもしれないけど、僕は君が好きなんだ。テープを見ながら、毎日毎日君のことを思っていた。どうか、君を捨てた奴のことなんか忘れて、僕と付き合ってほしい。もちろんご亭主がいたって構わない」

まくし立てるように言うと、むしろサチコのほうが落ち着き、静かに答えた。

「主人は仕事一筋で、私のことなど放《ほ》ったらかしだわ。でも、私は何もできない女なの。ただ甘えるだけで、わがままだから独身時代からいつも捨てられてしまうの」

「それでも、君がいてさえくれればいいんだ。僕は絶対に捨てたりしないよ。すぐ僕を好きになれと言っても無理だろうけど、とにかく付き合ってから決めて欲しい」

皆川はサチコに迫った。人妻ということで、なおさら慕情が募った。もし断わられたら、テープと同じことをしてくれれば一本ずつ返す、と言おうかとさえ思っていた。

「あなたが優しい人だということは分かったわ。この部屋に入れてくれたのだから」

「それなら、どうか僕の願いをかなえて欲しい」

「テープを見たなら分かるでしょう。私は夢中になるとしつこいわ。それでも、ちゃんとしてくれる人が好き」

「ああ、テープと同じことをしてあげるし、して欲しい。いや、それ以上のことも」

脈ありと見て皆川は説得するように言い、とうとう慕情に突き動かされるように、サチコを思いきり抱きしめてしまった。

テープを見るかぎり、最後の女王様ふうのものを別とすれば、サチコは何でも男の言いなりになる受け身タイプだ。むしろ強引にされることを喜ぶマゾタイプとも言えた。

だから、いったん行動を起こすと皆川はためらいなく、サチコの唇を奪ってベッドに押し倒していった。

「ンンッ……！」

唇を塞《ふさ》がれて小さく呻《うめ》きながらも、思った通りサチコは拒まず、流れに押されるように身を投げ出してきた。

3

「ああッ……、好きにして構いませんから、どうか先にシャワーを……」

唇を離すと、サチコが哀願するように言った。

「ダメだよ。君の、自然のままの匂いが知りたいからね」

皆川は囁《ささや》き、返事も待たずもう一度唇を重ねた。

柔らかな唇が吸い付き、熱く湿り気のある甘酸《あまず》っぱい息が弾んだ。皆川は、新鮮な果実のようにかぐわしいサチコの吐息に酔いしれながら、舌を差し入れていった。

白く滑らかな歯並びを舌先でたどると、やがてサチコの前歯が開かれた。皆川は内部に侵入し、美女の甘く濡《ぬ》れた口の中を隅々まで舐め回した。

そして貪《むさぼ》るように舌をからめながら、皆川は手探りでサチコのブラウスのボタンを一つ一つ外していき、左右に開いていった。

ようやく唇を離して顔を上げると、もうサチコも諦《あきら》めたようにグッタリとなり、上気した顔で艶めかしくハアハア喘いでいた。

皆川は興奮と感激に胸を弾ませながら、さらにブラのホックを苦労して外した。たちまち、白く形良い巨乳が現われ、皆川の目の前いっぱいに広がった。同時に内に籠《こ》もっていた生ぬるく甘ったるいフェロモンが揺らめいてきた。

さすがに見ず知らずの男の部屋を訪ねてきて、サチコの胸の谷間や腋の下はジットリと汗ばんでいた。

皆川は、ビデオテープではお馴染《なじ》みの巨乳に顔を埋め、初々《ういうい》しい桜色の乳首にチュッと吸い付いた。

「あん……！」

サチコがビクッと肌を震わせて喘いだ。

皆川は勃起した乳首を舌で転がし、コリコリと軽く嚙み、左右交互に愛撫した。さらに完全にブラウスを脱がせ、甘ったるい芳香を籠もらせた腋の下にも顔を埋め込んで舌を這わせ、やがて徐々に彼女の肌を下降していった。

スカートとパンストを引き脱がせ、皆川は自分も手早く服を脱いで全裸になりながら、サチコの足から愛撫を再開していった。

足首を摑んで浮かせ、足の裏から指の股まで舌を這わせた。指の間は、汗と脂に湿り、ほのかな匂いを染みつかせていた。皆川は爪先をしゃぶり、味と匂いが消え去るまで舐め回した。

「アアッ……！　ダメ、汚いわ……」

サチコが息を弾ませ、上ずった声で言ったが、天使の身体に汚い部分などない。両足ともまんべんなく舐め尽くし、皆川はサチコの脚の内側をゆっくりと舐め上げていった。

スラリと長い脚はムダ毛もなくスベスベで、程良く肉づきがあってムッチリとしていた。

皆川はサチコの最後の一枚を引き脱がせてから、両膝の間に顔を割り込ませ、美女の中心部に顔を迫らせていった。

股間のぷっくりした丘に楚々《そそ》とした茂みが煙り、真下のワレメからは綺麗なピンクの花びらがはみ出していた。指でそっと開くと、内部の柔肉は、もう大量の蜜にヌメヌメと潤っていた。

ここは、ビデオテープのアングルからは見えなかった部分だ。

皆川は目を凝らして神秘の部分を観察し、とうとうギュッと顔を埋め込んでいった。

「あう……！」

サチコが声を洩《も》らし、反射的にキュッと内腿で彼の顔を締め付けてきた。

柔らかな茂みの隅々には、ふっくらとした悩ましい匂いが籠もり、皆川はうっとりと酔いしれた。

舌を這わせ、花びらの中に差し入れていくと、ヌルッとした柔肉が迎えてくれた。奥で襞《ひだ》の入り組む膣口をクチュクチュと掻き回すように味わい、愛液をすくい取りながらゆっくりとクリトリスまで舐め上げていくと、

「ああっ……、き、気持ちいいッ……！」

サチコが思わず口走り、新たな蜜を湧き出させながらクネクネと腰をよじった。

声も仕草も馴染み深いが、味や匂い、感触は初めてのものだ。

皆川は夢中で舐め回し、さらに彼女の両脚を浮かせて真下に潜り込み、形良いお尻の谷間にも舌を這わせていった。両の親指で谷間をグイッと開くと、奥に可憐なピンクの蕾《つぼみ》がひっそりと閉じられ、羞恥《しゅうち》に震えていた。

鼻を当てても、ほのかな汗の匂いだけで少々物足りないが、それでも舌を這わせて中に潜り込ませると、細かな襞の震えと、内部のヌルッとした粘膜の感触が舌に伝わってきた。

「あん、ダメ、そこは……！」

サチコが驚いたように言ったが、この部分も高原某とかいう前の彼氏に犯されているのだ。

皆川は念入りに舐め、再びサチコのワレメとクリトリスまで舌を戻し、前も後ろも充分に愛撫してから、ようやく身を起こしていった。

正常位で腰を押し進め、もう暴発寸前にまで張り切っている先端をサチコの中心にあてがった。そのまま、息を詰めてゆっくりと貫《つらぬ》いていく。

張りつめた亀頭がヌルッと潜り込むと、

「アアッ……、いいわ……」

サチコがビクッと顔をのけぞらせて口走り、下から激しくしがみついてきた。

皆川も、ヌルヌルッと滑らかに根元まで呑み込まれながら身を重ね、ピッタリと股間同士を密着させた。

内部は燃えるように熱く、柔肉が心地よくキュッときつく締め付けてきた。

皆川はまだ動かず、サチコの温もりと感触、そして感激を心ゆくまで嚙みしめた。

「ああん、お願い、もっと強く……」

焦《じ》れたようにサチコが言い、下からズンズンと股間を突き上げてきた。

柔らかな恥毛がこすれ合い、皆川の胸の下では巨乳がクッションのように弾んだ。

やがて皆川も小刻みに動き始めた。早々と果ててしまうのが惜しかったが、あまりの快感に、いったん動き始めるとフィニッシュまで二度と腰の動きを止めることはできなくなっていた。

「アア……、気持ちいい、もっと奥まで、私をメチャメチャにして……！」

次第にサチコは狂おしく喘ぎ、皆川の背に回した両手に激しく力を込めてきた。

皆川も、いつしか股間をぶつけるように激しく律動していた。

「い、いく……！　アアーッ……！」

たちまちサチコがガクンガクンと身悶え、口走ると同時に膣内がキュッキュッと艶めかしい収縮を開始した。

もうひとたまりもなく、皆川も続いて昇り詰め、激しい快感に全身を貫かれていた。

熱い大量のザーメンが勢いよく、サチコの柔肉の奥に向かってほとばしった。

「あ、熱いわ。いま出てるのね……」

子宮の入り口を直撃する射精を感じ取り、サチコがダメ押しの快感を得たように言って股間を突き上げた。

皆川は、溶けてしまいそうな快感の中、とうとう最後の一滴まで絞《しぼ》り出し、ようやく動きを止めてサチコに体重を預けた。

彼女もグッタリと力を抜いて身を投げ出し、皆川はサチコの熱くかぐわしい吐息を間近に感じながら、うっとりと快感の余韻に浸り込んだ……。

4

「いい？　今度は私の番よ」

サチコが身を起こして言い、入れ替わりに皆川がベッドに仰向けになった。

サチコは上からのしかかり、自分からピッタリと唇を重ねてきた。リードする側となると、サチコは今までの受け身でいる時とは人が変わったように積極的になった。

犬のように長い舌が潜り込み、皆川はチロチロと口の中を舐め回された。そのトロリとした甘い唾液で喉を潤し、ほんのり甘酸っぱい吐息で胸を満たすと、皆川はうっとりと酔いしれ、すっかり身を投げ出して全てを彼女に委《ゆだ》ねた。

長いディープキスを終えると、サチコはそのまま皆川の頬から耳まで舐めてくれ、さらに首筋を這い下りていった。

乳首を舐められ、軽く嚙まれるたびに皆川はビクッと肌を震わせて悶えた。

風俗でも、こんなに慈《いつく》しみの籠もった愛撫はされたことがなかった。まして素人童《しろうと》貞だった皆川にとっては、サチコの濃厚で情熱的な舌の動きにすっかり身も心も溶かされそうだった。

しかも、楚々としたお嬢様タイプのサチコが大胆な舌使いをするから、なおさら興奮と快感が倍加した。

サチコは彼の胸から腹へと移動し、さらに腰から脚の方へと下りていった。肝心な部分を後回しにし、まるで皆川が彼女にした愛撫をそのまま真似ているようだった。

そして足の指までしゃぶられて、

「ああっ、いいよ、そんなことまでしなくて……」

思わず皆川は口走った。温かく濡れた清潔な美女の口の中で、指の股にまでヌルッと舌が入るのはゾクゾクするほど気持ちよいが、やはり申し訳ないような気持ちになってしまった。

「ダメ、じっとしてて。私もしてもらったんだから」

サチコは言い、皆川の両の足指を全て念入りにしゃぶり尽くしてしまった。

そしていよいよ、サチコの唇と舌が、皆川の快感の中心に向かってきた。

皆川の大きく開いた両脚の間にサチコが腹這いになり、とうとう内腿にまで舌が這い、軽く歯が立てられて刺激されながら、熱い息が中心に迫った。

皆川は、彼女の内部に射精したばかりだというのに、激しく勃起しヒクヒクと幹を震わせて待った。

何しろ、普段でも一日に二、三回はオナニーしてしまうほど欲望が溜まっているし、ましてビデオテープで毎晩憧れていたサチコが相手なのだ。

やがてサチコが這い上がり、両手で優しく押し包むようにペニスを挟んだ。そして粘液の滲《にじ》む先端に、そっと唇を押し当ててきた。まるで手のひらの中で小鳥でも可愛がっているような仕草だ。

チロッと舌が伸びて先端が舐められると、

「あう」

電流でも走ったような快感に、思わず皆川は声を洩らした。

サチコは、そのまま張りつめた亀頭全体に舌を這わせ、タップリと唾液に濡らしてから、幹を舐め下りて、今度は陰嚢にしゃぶりついてきた。

上品な小さな口を精一杯大きく開き、二つの睾丸を交互に吸った。そしてアメ玉のようにクチュクチュと転《ころ》がしてから、さらに彼の両脚を浮かせ、お尻の谷間にも舌を這わせてきた。

「ああ……」

もう皆川も拒まず、素直に快感を受け止めて喘いだ。

舌先がチロチロと肛門をくすぐり、唾液にヌメった中心にヌルッと潜り込んできた。

肛門を締め付けると、柔らかく濡れた美女の舌の感触が伝わってきた。こんな部分で、女性の最も清潔な舌を感じるなど、何という贅沢な快感だろうと思った。

サチコは充分に舐め尽くしてから、肛門から舌を離し、再び陰嚢を通過しながら幹の裏側を舐め上げ、ペニスの先端まで戻ってきた。

そして丸く口を開き、スッポリと喉の奥まで呑み込んでくれた。

「ああ……」

皆川は快感に声を洩らし、サチコの口の中でヒクヒクとペニスを震わせた。

サチコは深々と含んだまま、キュッと唇で幹を丸く締め付け、内部でもチロチロと激しく舌を蠢《うごめ》かせてきた。

たちまちペニス全体は、美女の温かな唾液にまみれ、ジワジワと絶頂が迫ってきた。

このまま、良いのだろうか。皆川は一瞬ためらったが、サチコのほうは顔全体を小刻みに上下させ、スポスポとリズミカルな摩擦運動を開始していた。

長い黒髪がサラリと流れて皆川の股間を覆《おお》い、その内部にサチコの熱い吐息が心地よく籠もった。

しかもサチコは唇と舌の愛撫を続けながら、しなやかな指先で陰嚢をいじり、内腿もツツーッと爪で撫でてきた。

「い、いきそう……、いいのかい……？」

皆川は喘ぎながら言ったが、サチコは答えず、肯定するように愛撫を強めてきた。

我慢するのをやめると、快感が急激に押し寄せてきた。まるで身体全体が縮小し、全身がスッポリとサチコに含まれ、良い匂いのする口の中で唾液に浸《つ》かりながら舌で転がされているような錯覚に陥った。

「アア……、い、いく……！」

たちまち皆川は、全身が一本のペニスと化したかのように大きな快感に包み込まれた。

激しい絶頂の波が押し寄せ、巻き込まれて揉《も》みくちゃにされながら皆川は、二度目とも思えぬ大量のザーメンを脈打たせた。

「ンン……」

ドクンドクンと噴出するザーメンで喉の奥を直撃されながら、サチコは小さく呻き、それでも口を離すことなく、艶めかしい舌の動きを続けた。

さらに強く吸飲されたので、ザーメンの脈打つリズムが狂い、まるでペニスをストロー代わりにし、直接陰嚢から体液を吸われているような激しい快感に襲われた。

「く……！」

皆川は夢のような快楽に身悶えながら呻き、ありったけのザーメンを吸い取られてしまった。

やがて口の中がいっぱいになると、サチコは含んだまま大量のザーメンを喉へ流し込みはじめた。

咳《せ》き込まぬよう注意しながら、ゴクリと飲み込むたび口の中がキュッと締まり、皆川は最後の一滴を絞り尽くすまで、最高の快感を味わい続けた。

サチコは全て飲み干し、皆川も出しきると、ようやく彼女は舌の動きと吸飲を止めて、ゆっくりと引き抜きはじめた。

スポンと口が離れると、皆川はグッタリと全身の強《こわ》ばりを解いて身を投げ出し、サチコも一仕事終えたように息をつき、彼に添い寝してきた。

「いっぱい出たわ。とっても美味《おい》しかった……」

甘えるように身体をくっつけながら、サチコが小悪魔のような表情で悪戯《いたずら》っぽく囁いた。

しかし皆川のほうは、二度の強烈な射精ですっかり全身から力が抜けてしまっている。

「ねえ、まだできる？」

「う、うん。少し休めばね」

皆川は答えながら、サチコの果てしない要求が怖くなってきた。

もちろん憧れの美女だから大きな満足感はあるが、立て続けとなると食傷気味になってしまう。一日に何度も集中して行なうよりも、毎週でも来てくれるほうが有難かった。まあ、これは男の身勝手さなのかもしれない。

とにかくサチコは、まだまだ皆川を解放してくれそうもなかった。

5

「おいおい、何するんだい……？」

仰向けのまま皆川は、サチコの行動に驚いて言った。

彼女は、皆川の手足をパンストでベッドに縛り付けはじめたのだ。

拒もうにも、脱力感で起き上がることもできない。それに疲れてはいるが、このままサチコの好きにされるのも、何やらゾクゾクするような快感があった。

「大丈夫よ。パンストで軽く縛るだけだから痕《あと》にはならないわ。それに、ビデオと同じことをされたいのでしょう?」

サチコが、妖しく神秘的な目で皆川を見下ろして言った。

やがて皆川は仰向けのまま、完全に身動きできなくされてしまった。

サチコはまだまだ元気で、再び上から彼の全身に舌を這わせ、萎《な》えたペニスに愛撫を与えてきた。

強引な刺激に、皆川自身はまた否応なくムクムクと勃起してきてしまった。

サチコは満足げに舐め回し、さらに自分も彼の顔を跨いでワレメを舐めさせた。皆川も素直に、新たな愛液と自分のザーメンの混じった柔肉に舌を這わせた。

「そうよ。上手よ。もっと吸って……」

サチコは、次第にグイグイ体重をかけて股間を押しつけ、ワレメをこすりつけるように動かしてきた。

「く……、こ、降参。やめてくれ……」

皆川は窒息感に呻き、懸命にもがいて言った。

「ダメね、このぐらいで参るようじゃ、最後までいけないわよ」

サチコは、すっかり主導権を握ったように囁き、添い寝しながら彼に唇を重ね、ペニスにも指を這わせてきた。

皆川は、口移しにトロトロと大量の唾液を注ぎ込まれ、飲み込みながら甘美な興奮に喘いだ。

ようやく気が済んだように、サチコが口を離して顔を上げた。

「最後まで、してもいいんでしょう？」

「え、最後って……？　この女王様プレイで全て終わりだろう？」

皆川は、不審に思いながら言った。

「そうよ。これで全て終わり……。ひょっとして、ビデオを終わりまで見ていないのね？」

サチコは言い、ベッドを降りて勝手にテレビとビデオのスイッチを入れた。

画面には、皆川が見ていた途中までの行為が映し出された。高原が縛られ、サチコが上から荒々しい愛撫を加えていた。

そしてサチコは女上位で彼の股間に跨がり、激しい勢いで動きはじめた。

画面の中のサチコは激しく喘ぎ、狂おしく腰を使っていた。いよいよ大きな絶頂が迫ってきたようだ。

そのとき、サチコは身悶えながらカミソリを取り出し、男の左手首に切りつけたのだった。

「あッ……！」

見ながら、皆川は声を上げた。

画面の中の男も、驚いたように目を見開いて必死にもがいていた。

しかしサチコは、噴き出す血を舐め、肌にも浴びながら腰を使い、とうとう昇り詰めてしまったようだった。

「こ、これは、どういうことなんだ……」

皆川は激しくもがきながら、懸命にサチコを問いつめた。しかしパンストとはいえ手首足首はシッカリと彼を固定していた。

当のサチコは画面に向かい、自分のしたことを楽しげに見つめていた。その目はキラキラと輝き、色白の肌も興奮に染まって艶めかしく息づいていた。

画面の中では、いつしか男がグッタリとなっていた。

やがて充分に余韻を味わったサチコは彼の縛《いまし》めを解きはじめた。そして自分が交わっていた痕跡を消すように、彼の全身を拭き清めてから服を着せ、最後に彼の右手にカミソリを握らせた。

どうやら自殺に見せかけているようで、だからサチコは何としてもこのテープを回収しなければならなかったのだ。

それにしても、この部屋の前の住人が夜逃げではなく自殺ということになっていたとは、道理で家賃が只《ただ》のように安いはずだと皆川は思った。

(ち、畜生、あの大家め。自殺の部屋ということを黙っていやがって……)

皆川は混乱した頭の中で、ぼんやりと思った。しかも、それは自殺ではなく、サチコに殺されたのだった。

(そして、このおれも……?)

皆川は、職を失った今の自分が自殺したとしても、誰一人疑わないだろうということに思い当たり、背筋が寒くなった。ましてサチコの存在など、皆川の知人の誰一人として知らないのだ。

画面の中のサチコは、黙々と身繕いして自分のいた痕跡を消した。テープを回収しなかったのは、その時いきなり彼の友人が訪ねてきたからだった。

サチコは靴を持って素早く窓から逃げ出し、彼の遺体は友人によって発見された。そこでビデオテープが終わり、サチコはスイッチを切った。結局、彼は自殺として処理されたようだった。

そしてサチコも、ほとぼりが冷める頃合いを見計らって、テープを回収に来たのだった。

サチコは脱いだ服のポケットから、新たなテープを取り出してビデオカメラにセットし、ベッドに向けてスイッチを入れた。

「こうするのが、私はいちばん燃えるの。後から主人の留守中にビデオを見ると、もう一度楽しめるもの」

「や、やめてくれ……」

「だって、ビデオの通りにしていいって言ったでしょう。相手が死ぬ瞬間に交わっているのが、いちばん気持ちいいの」

「ぼ、僕はまだ、奴ほど何回も楽しんでいない……」

「ビデオを知られたら、もう終わりだわ」

サチコはカミソリを取り出し、枕元に置いた。

「お、同じ部屋で何人も死んだら疑われるぞ……」

「私は誰にも姿を見られていないわ。何人死のうとも、ただ新しい都市伝説が一つ生まれるだけ」

「…………」

この美しい天使は、何とも恐ろしい殺人淫楽症の女だったのだ。

「さあ、最後の一回、うんと楽しみましょうね」

サチコは天使のような微笑《ほほえ》みで、ゆっくりと皆川の股間に跨がってきた。

そして、こんなに恐怖に震え上がっているというのに、一向に萎えない自分自身に、皆川は情けなくなった。

熟《う》れ肌の誘惑

1

（やっと届いたか。本物だといいな……）

光夫《みつお》は帰宅し、ポストに入っていた茶封筒を取り出して思った。叔母《おば》の帰宅前に手に入ったのは幸いだった。もし叔母がこの郵便物に気づき、手渡しされたものなら通販の教材とか何とか言い訳しなければならなかったところだ。

光夫はいそいそと二階の自室に入り、包みを開けてみた。中にはカタログも何もなく、ビデオテープが一本入っているだけだ。そのテープのレーベルにも、何も印刷されておらず何とも素っ気《そっけ》ないものだった。それでも気が急《せ》く思いで、光夫はビデオデッキにセットし再生してみた。

須田《すだ》光夫は二十歳《はたち》になったばかり。二浪したので、この春から大学一年生だった。南房総《ぼうそう》から上京し、今は区内にある叔父《おじ》叔母の家に下宿していた。

本当はアパートで自由に生活したかったのだが、部屋が余っているからと叔父が申し出たのだ。しかも商社マンの叔父は出張が多く、叔母の真樹子《まきこ》も寂しいからと、結局下宿することになった。

夫婦に子供はなく、光夫の父の弟の妻である真樹子は三十八歳。保母をしていた。

優しく美しく、しかも巨乳で実に色っぽい真樹子は、毎日のように光夫のオナニー妄想に使用させてもらっていた。ときには妄想ばかりでなく、脱衣所にある叔母の下着を嗅《か》いだこともあるし、彼女が出たばかりのトイレの便座に頬ずりしながら抜いたこともあった。

しかし、まさか叔母とイケナイ関係になどなれるはずもなく、それで光夫は裏ビデオの通販を申し込んだのだった。

初めての通販申し込みは、素人《しろうと》の熟女オナニーというものだった。カラミの場合は画面に登場する男が邪魔なので、光夫は女性一人しか出てこないビデオを選んだのだ。

今日は午後が休講だったので早めに帰宅できたから、真樹子が帰宅するまでには充分にビデオを見て抜く時間はあるだろう。

光夫はズボンと下着を脱いで座椅子《ざいす》に腰を下ろし、ティッシュの箱を引き寄せて完全なオナニー体勢を取った。

借りている二階の部屋は六畳。自宅から持ってきたのは、ビデオ付きテレビと着替えだけだ。あとは布団も、勉強机代わりの座卓も箸も茶碗も、みんなここの家のものだった。

やがて画面に、女性の下半身がアップで映し出されてきた。

女性はショーツを脱ぎ、こちらに向けてムッチリと肉づきの良い脚をM字型に開いてきた。残念ながら顔が見えないが、それがいかにも素人ビデオらしい。

光夫は、熟女の股間に目が釘付けになってしまった。色白の下腹が股間へと続き、ふっくらとした丘には黒々とした恥毛が柔らかそうに茂っている。真下のワレメからは薄桃色の花びらがはみ出し、早くも大量の蜜《みつ》にヌメって今にもトロリと滴《したた》りそうなほどシズクを膨らませていた。

（そうか、やはりカメラを設置しているだけで濡《ぬ》れるんだろうなあ。これから全国に自分のアソコが見られるんだから無理もない）

光夫は妙に納得しながら、ピンピンに勃起したペニスを握りしめ、動かしはじめた。

画面の中では、女が股間に指を当て、グイッと陰唇を広げてきたのだ。

「見て……、奥まで……」

女がハアハア喘《あえ》ぎながら、消え入りそうな囁《ささや》き声で言う。

ワレメ内部の柔肉が実際奥まで丸見えになって、光夫は思わずゴクリと生唾を飲んだ。

熱を持ったように色づいた陰唇が、指で広げられてピンと張りつめ、奥で息づく膣口が見えた。周囲にはバラの花弁状に細かな襞《ひだ》が入り組み、何とも美しく思えたものだ。

さらに股間にはライトが当てられているため、ポツンとした尿道口まではっきりと確認でき、彼女が包皮まで指で剝《む》いたものだから、真珠色の光沢を放つクリトリスも完全に露出していた。ワレメの下の方には、レモンの先のように僅《わず》かにお肉を盛り上げた肛門まで見え、実に綺麗なピンク色の襞を震わせていた。

女は指で柔肉を撫《な》で回し、愛液に濡れた指を膣口に押し込んだ。

「ああッ！　気持ちいい……」

喘ぎながら何度か指を出し入れし、クリトリスも激しい勢いでこすりはじめた。

（そうか、女のオナニーはこんなふうにするのか……）

興奮が高まった光夫は、画面の中の女と同じリズムでペニスをしごき、ジワジワと高まってきた。

画面にアップになっているワレメからは、透明な蜜に混じって、見る見る白っぽく濁った愛液が溢《あふ》れてきていた。これは本気汁というものなのだろう。

まるで女の熟《う》れたフェロモンまでがこちらに漂ってきそうな、生々しく迫力あるオナニー映像だ。光夫は、このビデオは当たりだったと満足しながら、自分もフィニッシュを目指して右手の動きを速めた。

しかし、階下で物音が聞こえた。

(しまった！　おばさんも今日は早く帰ってきたようだ……)

光夫は、すっかり絶頂寸前でストップをかけ、尿道口から滲《にじ》む粘液だけ急いで拭《ぬぐ》い、ビデオを止めた。

光夫が帰宅していることを知れば、いつも真樹子はすぐに上がってきて顔を出すのが常なのだ。

思った通り、階段に軽い足音が聞こえてきた。そして光夫がペニスをしまうと、間もなく襖《ふすま》がノックされ、開けられた。

「光夫さん、今日は早かったのね」

真樹子が笑顔を見せて言う。

「ええ、お帰りなさい」

「何してたの？　映画のビデオ？」

真樹子が部屋に入り、テレビに近づいた。画面は消えているが、ビデオのスイッチはまだ入ったままだったのだ。

「あ、それは……」

光夫は慌《あわ》てて駆け寄り、先にスイッチを切った。しかし、今日の真樹子は執拗《しつよう》だった。

「見せなさい。まさか、いかがわしいビデオを見ていたんじゃないでしょうね。ご両親から預かっているのに、間違いがあったら困るのよ」

真樹子が厳しい声で言い、ビデオを確認しようと光夫ともみ合いになった。

「大丈夫です。ちゃんと真面目にしてますから、それだけは」

光夫は懸命にビデオを死守しながら、真樹子の甘ったるいフェロモンを感じてモヤモヤと妙な気分になってきてしまった。

何しろ絶頂寸前まで高まっていたのだし、目の前には前から憧れていた魅惑的な叔母がいるのだ。

光夫は思わず、ブラウスの豊かな膨らみにしがみついてしまった。

「あっ！　何するの、光夫さん……！」

真樹子が驚いたように声を上げ、懸命にもがいた。しかし光夫の勢いは止まらない。何しろ、ここで止めたらかえって気まずくなる。どうせこの家を追い出されるなら、せめて思いを遂げたかった。

何しろ今まで受験に明け暮れていたからガールフレンドを作る余裕などなく、浪人中にバイト代を貯めてソープへ行ったのもほんの二、三回だけの、完全な素人童貞なのである。

光夫は勢いに任せて彼女を押し倒し、上からピッタリと唇を重ねてしまった。

「ンンッ……！」

真樹子は熱く呻き、光夫の下で力なくもがいた。

光夫は興奮しながら舌を差し入れ、叔母の柔らかな唇の感触を味わいながら、白く滑らかな歯並びを舌で左右にたどった。

すると、いきなり真樹子の前歯が開くなり光夫の舌がチュッと吸われた。気がつくと、いつしか真樹子の抵抗が止んで、彼女は下からシッカリと両手を回していたのだ。

2

「お、おばさん……」

光夫は驚いて思わず囁いた。しかし真樹子は、もう長い睫毛《まつげ》を伏せ、すっかり受け身の体勢になって力を抜いていた。

光夫は再び唇を重ね、今度こそ舌をからめながら、彼女の甘く濡れた口の中を隅々《すみずみ》まで舐め回した。

真樹子の熱い吐息は湿り気を含み、何とも甘く艶《なま》めかしい匂いがしていた。舌はトロリとした温かな唾液に濡れ、それが光夫以上にチロチロと蠢《うごめ》いてくるのが、彼には何より嬉しかった。

舌を吸い合い、美女の唾液で喉を潤《うるお》しているうち、光夫は今にも暴発しそうになってきてしまった。

すると、長いディープキスを続けながら、真樹子が大胆に光夫の股間に手を這《は》わせてきたのだ。ズボンの上から、強《こわ》ばりを確かめるように握り、そのままやわやわと動かしてくれた。

「ああッ……！」

「すごいわ。こんなに大きくなってる」

真樹子は囁き、上下入れ替わるように上になってきた。光夫は仰向けになり、身を投げ出した。やはり、いくら突っ張って攻略しようとしても、所詮は経験のない素人童貞だ。ここは人妻に身を任せてしまう方が自然だった。

「腰を上げて」

真樹子が言い、彼のズボンと下着を引き脱がせてきた。たちまち光夫は下半身丸出しにされ、ピンピンに屹立したペニスを見られ、身悶《みもだ》えするような羞恥《しゅうち》快感を覚えた。

「大きいわ。まだ、東京に来てからは誰ともしていないの？」

真樹子が、柔らかな手のひらに幹を包み込んでニギニギしながら言った。光夫の方から抱きついたのに、もうすっかり立場は逆転していた。こんなふうに、年上女性にリードされることを何年も夢見ていたから、もっと早く叔母にお願いしてみれば良かったと光夫は思った。

「も、もちろん、彼女なんかいないですから……」

光夫は、すっかり緊張と興奮に舞い上がり、声を震わせて答えた。

「そう。好きな人はいるの？」

「お、おばさんだけ……」

「まあ、私でいいの？」

握られながら、こんな会話をしているだけで光夫は、今にも暴発してしまいそうになった。真樹子は陰嚢まで手のひらに包んで愛撫し、やがてためらいなく屈み込んできた。

熱い息が股間にかかり、セミロングの髪がサラリと内腿を撫でた。そして光夫がアッと思う間もなく、初々しいピンクの光沢を放つ亀頭に、真樹子はチュッと唇を押し当ててきた。

柔らかな唇が丸く開かれ、そのままスッポリと先端を含み、粘液の滲《にじ》んでいる尿道口も厭《いと》わず、内部ではチロチロと柔らかな舌が蠢いた。

「ああっ……、お、おばさん……」

光夫は夢のような快感に喘いだ。実際、これは現実ではなくオナニーしながら眠ってしまい、夢の中にいるような気分だった。

真樹子は喉の奥まで深々と呑み込み、口の中をキュッと締め付けながら舌を這わせ続けた。熱い息が恥毛をそよがせ、たちまち肉棒全体は叔母の温かく清らかな唾液にどっぷりと浸った。

「い、いっちゃう……！」

いよいよ危うくなり、光夫は警告を発するように口走った。

すると真樹子はスポンと口を離し、

「いいわ。出してしまいなさい。私の口に」

言うと、再びパクッと亀頭にしゃぶりついてきた。

そして今度は本格的に、顔全体を上下させてスポスポと口全体でリズミカルな摩擦を繰り返してくれた。

まるで全身が、叔母の甘い匂いのする温かな口に含まれ、唾液にまみれながら舌で転がされているような快感だった。

「ああッ……！」

たちまち限界が来て、光夫は声を洩らした。

大きな快感の怒濤《どとう》が彼を巻き込み、押し流していった。同時に、熱い大量のザーメンがドクンドクンと勢いよくほとばしり、真樹子の喉の奥を直撃した。

「ンン……」

真樹子は咳《せ》き込むこともなく、噴出を全て口の中に受け止めながら唇の収縮と舌の蠢きを続けていた。

口の中がいっぱいになると、真樹子は含んだままゴクリと喉を鳴らして飲み込み、余りをせがむように吸い付きながらヌメった尿道口をペロペロと舐め回した。

「あう……」

　飲み込まれるたびに口の中がキュッと締まり、ダメ押しの快感がビクンと突き上がってきた。光夫は最後の一滴まで絞り尽くし、力を抜いてグッタリとなってしまった。

　なおも真樹子が舌を這わせると、射精直後で過敏になったペニスが脈打ち、光夫は身をくねらせた。

「すごい量ね。でも、とっても濃くて新鮮な味だわ」

　チュパッと軽やかな音を立てて口を離した真樹子が、淫《みだ》らに舌なめずりしながら言った。

　光夫はまだ余韻に浸って身を起こすこともできないが、射精を済ませても欲望と興奮は去らなかった。何しろ、まだまだ経験してみたいことが山ほどあるのだ。

「ねえ、おばさんのも見てみたい……」

　思いきって言ってみた。

「そうね。うちの人も出張でいないから、夜なら」

「い、いま見せて……」

「今はダメ。お夕食の支度があるから」

　真樹子は立ち上がり、光夫をそのままにして部屋を出ていってしまった。

階段を下りていく真樹子の足音を聞きながら、しばらく仰向けのまま、今のは本当に現実に起こったことなのだろうかと思った。そして真樹子の唇の感触、射精したときの感激を一つ一つ思い出しているうち、ペニスはすっかりムクムクと回復してしまった。

真樹子の残り香が感じられるうちにオナニーして、もう一度射精したかったが、夜には見せてくれると言うのだからそれを信じて、光夫は我慢した。

だから途中になっているビデオも見ず、光夫は期待ばかり膨らませて、ひたすら時が経つのを待った。

階下から呼ばれて夕食に降りても、真樹子の態度は全く普段と変わりなかった。さすがに熟女の人妻ともなると、自然に気持ちが切り替えられるのだろう。関係を持ったあと、気まずくなったり追い出されるのではないかと心配する必要はなかったようだ。

夕食後に光夫は先に入浴を済ませ、パジャマ姿でリビングにいた。真樹子は洗い物をしているが、光夫は焦《じ》れて、テレビなど何も目に入らなかった。

「じゃ、お風呂に入ってくるわね」

ようやく真樹子が、戸締まりを済ませキッチンの灯りを消して言うと、光夫は思っていたことを口にした。

「ねえ、お風呂はあとにして」

光夫はもう待ちきれず、彼女の手を引いて夫婦の寝室へ入った。

3

「どうしたの。そんなに待てないの？　一日じゅう動き回ったから、早く汗を流したいのよ」

「どうしても、すぐ見たいんです」

光夫は、恥ずかしいのを我慢して頑《かたく》なにせがんだ。ようやく真樹子も諦《あきら》めたように、自分のベッドの端に座って服を脱ぎはじめた。

夫婦の寝室は、叔父のセミダブルベッドと、真樹子のシングルが並んでいる。セミダブルはカバーがかけられ、寝室内には真樹子の甘い匂いだけが籠もっていた。

もちろん狭いけれど、叔母の匂いの染み付いたシングルベッドの方が良い。

光夫も手早くパジャマと下着を脱ぎ去り、先にベッドに横になって待った。枕にもシーツにも、真樹子のフェロモンがタップリと染み込んでいた。

真樹子が一枚ずつ脱いでいくたび、空気が揺らいで女の匂いが漂った。真樹子は寝室の灯りを消し、枕元のスタンドだけにしてから、ようやくブラを外し、見事な膨みを露出させた。

そして光夫の隣に滑り込むように添い寝し、最後の一枚を取り去った。光夫は彼女の腕をくぐって身体をくっつけ、甘えるように腕枕してもらった。やはり、力ずくでどうこうするよりも、素直に未熟なことを認め、年上女性にリードされる方が性に合っているのだ。

真樹子の肌は温かくスベスベで、光夫はフェロモンに誘われるように、鼻先にある彼女の腋《わき》の下に顔を埋め込んだ。

腋の窪みはジットリと汗ばんで甘ったるいミルクのような匂いを籠もらせ、それでも舌を這わせると、腋毛の剃り跡も感じられないほどツルツルに手入れされていた。

「くすぐったいわ……」

「いい匂い……」

「バカね。汗臭いでしょう。だからお風呂に入らせてって言ったのに」

言いながら真樹子は拒《こば》むでもなく、光夫の好きにさせながら優しく頭を撫でてくれた。

光夫は、無味無臭の風俗嬢しか知らなかったから、どうしても女体のナマの匂いが知りたかったのである。

熟れたフェロモンを胸いっぱいに吸い込む光夫の目の前に、見事な巨乳が迫っていた。子を産んでないせいだろうか、乳首は初々しい薄桃色で、乳輪も張りと光沢があった。

光夫はチュッと吸い付き、もう片方を探りながら舌を這わせた。胸の谷間にもタップリと甘ったるい匂いが籠もり、その膨らみは手のひらに余るほど豊かで柔らかかった。

「あん……」

真樹子がビクッと肌を震わせて、光夫の顔を強く抱きしめてきた。顔全体が柔らかな膨らみに埋まり込み、光夫は心地よい窒息感に悶えた。

「いい気持ちよ。もっと強く吸って。嚙《か》んでもいいわ……」

真樹子は甘い息で囁きながら、何度か屈み込んで光夫の額にキスしてくれた。叔父は光夫の父に似て温厚な性格だから、きっとノーマルで淡泊なのだろう。そのせいか、あるいは元々の好みなのか、真樹子は強い刺激を求めているようだった。

光夫はコリコリと硬くなった乳首をそっと前歯で嚙み、もう片方にも同じように吸い付き、刺激的な愛撫をした。

そして徐々に柔肌を舐め下り、真樹子の股間へと顔を潜り込ませていった。

「ああん……、やっぱりお風呂に入らせて」

真樹子がクネクネと腰をよじって言うが、もちろん光夫は完全に腹這いになって真樹子の内腿の間に割り込み、その中心部に顔を迫らせた。

「もっと力を抜いて、良く見せて……」

「は、恥ずかしいわ……」

真樹子は声を震わせて喘ぎながらも、観念したように光夫の目の前で大股開きになってくれた。

「見える？　見て、奥まで……」

（え……？）

真樹子の声と、目の前で開かれたワレメを見て光夫は思い当たった。ふと見ると、ベッド脇の棚の一番下に、ビデオカメラと、『熟女オナニー』と書かれたテープが置かれているではないか。

「も、もしかして、あのテープに映っていたのは、おばさん……？」

光夫は驚いて言った。

「わかっちゃった……?」

真樹子は、ワレメを見られている羞恥快感を抑えるように答えた。

「そうよ。あのビデオは、ここで私が自分で撮ったものなの」

「ど、どうして……」

光夫は、艶めかしいワレメを前にしながら混乱と興奮に頭をフラつかせて言った。

「何日か前、ポストに光夫さん宛ての郵便が届いていたけれど、会社の名前ですぐにアダルトビデオだと分かったわ」

確かに、その会社名の横には『熟女専門ビデオ』と銘打ってあったので、いかがわしい荷物だということを察するのは難しくないだろう。

「別に、監視したり没収するつもりはなかったわ。ただ、私も興味があったから、見てから戻しておくつもりだったの。でも、あまりに内容がつまらなかったから、つい私が」

「………」

「前から、光夫さんが好きだったから、私の映像でオナニーしてくれたら嬉しいと思ったわ。でも、それだけじゃ気持ちが治まらなくなって、ビデオを見ている現場に踏み込んで、意地悪してみたくなったのよ」

あるいは、そのまま関係を持っても良いとまで、真樹子は思っていたのだろう。しかし光夫は、ビデオの現場は見られなかったものの、まんまと真樹子の思惑通りに行動を起こしてしまったわけだ。

「そうだったんだ……」

光夫は呟《つぶや》き、あらためて目の前の生身に集中した。目を離している間にも、真樹子のワレメからはトロトロと白っぽい粘液が湧き出し、今にも溢れそうになっていた。

「ね、ビデオに映っていたみたいに、自分で広げて見せて」

言うと、すぐに真樹子は自分の股間に両の人差し指を当て、グイッと陰唇を開いた。

まさに、ビデオで見たとおりの細かな襞の入り組む膣口が丸見えになった。

「舐めてもいい？」

「い、いちいち言わないで。好きにしていいのよ……」

真樹子は喘ぎを抑えるように息を詰めて言い、光夫も憧れの叔母のワレメにギュッと顔を埋め込んでいった。

柔らかな恥毛に鼻をこすりつけると、隅々に籠もった甘ったるい汗の匂いが馥郁《ふくいく》と鼻腔を刺激してきた。

「いい匂い」

「ダメ、言わないで……！」

真樹子がビクッと下腹を震わせ、量感ある白い内腿でムッチリと彼の顔を締め付けてきた。光夫は熟れた匂いを胸いっぱいに吸い込みながら、熱く濡れた花弁に舌を這わせていった。中はヌルヌルと温かく、そのまま大量の愛液をすくい取りながらクリトリスまで舐め上げていった。

「アアッ……！」

真樹子は激しく喘ぎ、何度も顔をのけぞらせて身悶えた。

光夫は執拗に下から上へ舐め続け、ネットリとした蜜で舌を濡らした。柔襞は優しく舌を包み込み、舐めながら見上げると肌の向こうで巨乳が揺れ、その間からのけぞる真樹子の丸い顎が見えた。

4

「き、気持ちいいわ……、もっと舐めて」

真樹子が、もう羞恥も乗り越えて口走り、光夫の顔を挟んだままガクガクと腰を跳ね上げた。

光夫は彼女の両脚を抱え上げて、白く丸いお尻の谷間にも鼻を潜り込ませていった。ピンクの肛門も、ビデオで見たとおりレモンの先のように僅かにお肉を盛り上げ、細かな襞を震わせていた。鼻を押し当てても、残念ながら谷間全体に籠もる汗の匂いだけだが、それでも光夫は興奮に胸を高鳴らせながら舐め回した。

「あん、そんなところ舐めなくていいのよ」

真樹子は言ったが拒むことはなく、光夫も念入りに舌を這わせ、唾液に濡れたツボミにヌルッと舌先を押し込んだ。

「あう……、もっと……」

いつしか真樹子も貪欲に求めはじめ、光夫は舌が疲れるまでツボミの中で舌を蠢かせ続けた。ちょうど鼻がワレメの中に潜り込み、新たに溢れた蜜でヌルヌルになった。

やがて光夫は彼女の両脚を下ろし、再びワレメを舐め、クリトリスに吸い付いていった。

「ねえ、入れて、光夫さん……」

真樹子は何度かヒクヒクと肌を震わせながらせがんできた。早くも小さなオルガスムスの波が襲いかかり、大きな絶頂を一つになって感じたいようだった。

「ねえ、おばさんが上になってくれる？」

股間から這い出しながら光夫は言った。受け身になって、下から熟れ肌を眺めたかった。

真樹子もすぐに身を起こし、上下入れ替わって光夫が仰向けになった。彼女は先にペニスに屈み込み、ヌメリを与えるようにパクッと含み、タップリと唾液を出してしゃぶってくれた。

光夫自身は真樹子の口の中で最大限に膨張し、今にも漏らしてしまいそうなほど高まってきた。何しろ昼間から、ずっと我慢してきたのだ。

しかし真樹子は、それを察したように口を離し、すぐに身を起こして彼の股間に跨《また》がってきた。幹に指を添え、張りつめた亀頭を濡れたワレメにあてがい、ゆっくりと腰を沈み込ませた。

ヌルッと潜り込むと、あとは滑らかに根元まで呑み込まれてゆき、互いの股間がピッタリと密着した。

「あああッ……、すごいわ……」

真樹子が顔をのけぞらせて喘ぎ、しばらくは座り込んだまま二十歳のペニスを嚙みしめているようだった。光夫も、真樹子の温もりと感触を味わい、柔肉に締め付けられながら息を弾ませた。

やがて真樹子は、彼の胸に両手を突いて少しずつ腰を上下させはじめた。大量の愛液が溢れて彼の陰嚢までヌメらせ、動くたびにピチャクチャと淫らな音が響いた。

「いいわ……、すごく……、アアッ！」

真樹子が声を上げ、上体を起こしていられず身を重ねてきた。上下運動が前後に変わり、真樹子は恥骨のコリコリをこすりつけながら、しゃくり上げるように動いた。

光夫の胸には巨乳が押しつけられ、彼も両手を彼女の背に回しながら、下からズンズンと股間を突き上げた。

「す、すぐいっちゃいそう……」

「ダメよ、もう少し我慢して……」

光夫が降参するように言うと、真樹子は大きな絶頂を待ちながら早口に答えた。

しかし、もう限界だった。光夫は真樹子の体重を受け、湿り気を含んだ甘い吐息を間近に感じながら、とうとう激しい快感に全身を貫かれてしまった。

「ああっ、いく……！」

声を絞り出しながら、光夫は狂おしく股間を突き上げ、ありったけのザーメンを噴出させてしまった。

「あ……、熱いわ、いく……！」

するとと子宮の入り口を直撃された真樹子は、それでオルガスムスのスイッチが入ったようにガクンガクンと全身を痙攣《けいれん》させた。

「アアーッ……！」

真樹子が声を上げ、互いの股間をぶつけ合うように動きながら昇りつめた。

光夫は何度も全身を脈打たせながら注入を続け、やがて最後の一滴まで放出してグッタリと力を抜いた。

少し遅れて、真樹子も動きを止めて彼に体重を預けてきた。そして上から唇を重ね、舌をからめてくる。光夫は真樹子の甘い吐息で胸を満たし、温かな唾液で喉を潤しながら、うっとりと快感の余韻に浸った。

「すごかったわ……、あんなに気持ち良くいったの、初めてよ……」

重なったまま、溶けて混じり合ってしまうほどの時間を経て、真樹子が彼の耳に口を押し当てながら熱く囁いた。

まだペニスは深々と納まったままで、たまに光夫がピクンと震わせると、

「あう……」

真樹子は喘ぎ、キュッと締め付けてきた。

「ねえ、まだできそう？」

ようやく呼吸を整えてから、真樹子が言った。

「ええ、もちろん」

「一度、お風呂に入ってきていい？」

「いいですよ。もう、おばさんの匂いはしっかり覚えちゃったから。ワレメもお尻の穴も」

「バカね。あんなところまで舐めるなんて……」

真樹子は羞恥に身をくねらせていい、のろのろと身を起こし股間を引き離した。

そのまま光夫も一緒に立ち上がり、全裸のまま二人でバスルームまで移動した。

シャワーを浴びて股間を洗い、二人してバスタブに浸かった。巨乳に寄りかかると、背中に二つ乳首が当たり、肩越しに甘い吐息が感じられて心地よかった。湯の中で、真樹子が手を回してペニスに触れてくる。

「もう大きくなってる。何度でもできるの？」

真樹子が感心したように言う。

「いいオカズがあれば、オナニーなら一晩に三回ぐらい。おばさんがいてくれるなら、その倍ぐらいはできると思います」

「すごいわ。今夜は寝られそうもないわね」

真樹子は頼もしげに囁き、回した両手で押し包むようにペニスを愛撫してくれた。光夫は振り返って唇を求め、真樹子も熱っぽく舌をからませてきた。次第に真樹子も興奮が高まってきたように、強くペニスを握りながら、彼の腰にグイグイと茂みを押しつけてくる。

こういう関係になった以上、光夫はいつまでもこの家に住んでいたいと思った。叔父はあまり帰ってこないし、真樹子もずっと欲求不満だったのだろう。

そうなると、ビデオなんか注文しないで、もっと早く求めれば良かったと光夫はまた思うのだった。もっとも、そのビデオがあったから、今回のきっかけになったのではあるが。

二人はバスルームを出て身体を拭くと、すぐに再び寝室に戻っていった。

5

「本当だ。全然面白くないね」

寝室のテレビで、送られてきた熟女オナニービデオを二人で見ながら光夫は言った。

それは素人とは言いながら、派手な顔立ちを惜しげもなく見せた四十代の女性が、延々と器具を使ったオナニーをしているだけのものだった。

「バイブと手だけで、あまりワレメが見えないから良くないね。顔もイマイチだし、オッパイもおばさんの方がずっと大きくて魅力的だよ」

「そう？　私も、こんな女の身体で光夫さんがオナニーすると思ったらイヤになってしまったの」

「ね、ビデオに映っていたみたいに、自分でしてみて」

光夫は、熟女ビデオを止めながら言った。

真樹子は素直に仰向けになって脚をM字に開き、光夫がよく見える位置に陣取った。

「灯りを……」

「このままでいいでしょう。暗くするとよく見えないから」

光夫は言い、寝室の灯りはそのままにした。

「恥ずかしいわ……」

真樹子は声を震わせながらも、ビデオに撮ったときのようにワレメに指を当て、リズミカルに動かしはじめた。早くも、新たな愛液が大量に溢れ、クチュクチュと音が聞こえてきた。湯上がりの香りに混じって、真樹子本来の甘ったるいフェロモンも漂いはじめる。

「アア……、見える？　もっと近くで見て」

真樹子が喘ぎながら言い、光夫も興奮しながら顔を寄せた。

「よく見えるよ。白っぽいのが出てきてヌルヌルになってる」

「あん……、光夫さんが舐めて……」

真樹子はガクガクと腰を跳ね上げながらせがんだ。光夫も、ようやく顔を潜り込ませ、大量の愛液にまみれた柔肉に舌を這わせた。

「あう……、いい気持ちよ……。私も舐めたい……」

真樹子が彼の下半身を抱き寄せて言う。光夫はクリトリスを舐めながら身を反転させ、屹立したペニスを彼女の鼻先に押しつけた。

「ンンッ……！」

真樹子はしゃぶりつき、熱い息を彼の股間に吹きつけながら強く吸った。

互いに横向きになって向かい合い、それぞれの内腿を枕にしたシックスナインの体勢だ。

光夫は真樹子の口の中で清らかな唾液にまみれながら、懸命にクリトリスを舐め、競い合うように互いの股間に熱い息を籠もらせた。

光夫も充分に高まっているが、本日はもう二回射精しているので辛《かろ》うじて暴発は免れ、先に真樹子が降参した。

「アアッ！　もうダメ。入れて……」

真樹子が言うと、光夫も彼女の股間から顔を離した。

「今度は、光夫さんが上になって」

言われて、光夫は正常位でのしかかっていった。先端をあてがい、急角度にそそり立った肉棒をゆっくりと押し込んでゆく。

いちばん太い亀頭のカリ首がヌルッと潜り込むと、あとは力など入れなくても滑らかに吸い込まれていくようだった。

「く……！　いいわ。もっと奥まで……」

真樹子が身を反り返らせて言う。

完全に根元まで挿入し、光夫は身を重ねた。胸の下では、巨乳が心地よいクッションのように弾み、真樹子も下から激しくしがみついてきた。

中は熱く濡れ、入り口がキュッときつく締まった。光夫は、少しでも長く味わっていたくて、少し動いては止め、それを延々と繰り返した。

「い、いきそう……。もう焦らさないで、思いきり突いて……」

真樹子が下からズンズンと股間を突き上げて言う。光夫も、そのリズムに合わせて次第に激しくピストン運動していった。

突くたびに大量の愛液が大洪水になり、まるで潮を噴くように互いの股間をビショビショに濡らした。

「アアッ！　いく……！」

真樹子が喉の奥から声を絞り出すように口走り、ガクンガクンと狂おしく身を反り返らせて昇り詰めた。

同時に、ペニスを締め付ける膣内の収縮と蠢動《しゅんどう》が激しくなり、光夫も我慢できなくなって絶頂に達してしまった。

「く……！」

呻き、全身が溶けてしまいそうな快感に包まれながら、光夫はありったけのザーメンを叔母の柔肉の奥に放出した。

「あう！」

また射精を感じ取ったように真樹子が声を上げ、さらに強い力でキュッと締め上げてきた。光夫は身を震わせ、後から後から湧き上がる快感に股間を押しつけながら、最後の一滴まで絞り尽くした。

ようやく動きを止め、グッタリと力を抜いて体重を預けると、真樹子も全身の硬直を解いて身を投げ出した。

光夫は巨乳のクッションに身を委ね、真樹子の熱く甘い吐息で胸を満たしながら余韻に浸った。

ふと見ると、ベッド脇の一番下の棚から、ビデオカメラが無くなっていることに光夫は気づいた。重なったまま目で探すと、反対側のサイドボードの上にカメラが置かれ、こちらにレンズを向けているのを発見した。

小さなランプがついているので、いま録画中らしい。どうやら先にバスルームから出た真樹子が、急いでセットしたようだった。

「撮っているの？　僕たちを……」

「ああ……、気がついた？」

光夫が言うと、真樹子はまだ気怠《けだる》げな声で答えた。

「撮られるの、嫌？」

「別に嫌じゃないけど、どうして」

「撮られると感じるの。それに、あとから見て楽しめるでしょう?」

「うん。叔父さんが帰ってきて、できないときは僕もそのビデオ見ながら一人でする」

光夫は言い、ようやく彼女の上から降りて、隣に仰向けになった。

すると真樹子が身を起こし、テープが回ったままのビデオカメラを手にし、自分の顔に向けながら彼の股間に屈み込んできた。

そして、まだザーメンと愛液にまみれているペニスにしゃぶりつき、その濃厚なフェラの様子を自分で撮った。デジタルのモニターがこちらからも見られるので、真樹子は良い角度で撮りながらおしゃぶりを続けた。

「ああ……」

光夫は艶めかしい刺激に喘いだ。ペニスをしゃぶる美しい叔母の顔が、股間と、ビデオのモニターの両方に見える。たちまち萎えかけたペニスがムクムクと強ばりを甦らせていった。

(この分だと、おばさんはもっと多くの、自分を撮ったビデオを持っているのかもしれない……)

回復しながら光夫は思った。あるいは夫婦生活の様子さえ、何本かビデオに納まっている可能性もある。もっともっと深い仲になれば、それらを全て見せてくれるだろう。自分のオナニーさえアップで撮り、興奮していた真樹子は、きっと見られるのが好きなのだ。オナニーやセックスばかりではない。今後はトイレでの排泄さえ撮らせてくれるかもしれない。

そう思うと光夫は激しく興奮し、真樹子の口の中ですっかり元の大きさを取り戻してしまった。

しかし、まだ光夫は知らなかった。真樹子のビデオ好きが、実は彼女の亭主の趣味の影響だということを。

光夫が注文したアダルトビデオを発見し、代わりに真樹子のオナニーを撮って彼に見せたのも、実は叔父の考えだったのだ。

最近セックスもマンネリになった叔父は、新たな刺激を求めるため、おそらく、まだ童貞であろう甥《おい》を妻が弄《もてあそ》ぶビデオを欲していたのである。真樹子もまた、その提案に激しく興奮し、こうしてビデオに収めることができたのだった。

そうとも知らず、光夫は激しく勃起しながら、次の行為へと頭を巡らせるのであった。

新世紀クィーン

1

（あれ、困ったな。渡れない）

竹原《たけはら》は、大通りを見渡して嘆息した。

部長と別れて駅まで行くのに、信号を渡ろうとしたところ、何十台もの暴走族のバイクと改造車がけたたましい爆音とホーンを鳴らし、赤信号だというのに彼の前を延々と横切りはじめたのだ。

昨年の暮れ、オヤジ狩りに遭《あ》って、なけなしの三万円を取られたときの恐怖の記憶が甦《よみがえ》った。あの時は四、五人の十代のチンピラで、すぐに金を差し出したので辛《かろ》うじて暴力は免《まぬが》れたが、眠れないほどの屈辱《くつじょく》感に苛《さいな》まれたものだ。

しかし目の前を横切る人数は、あの時の比ではない。

どれぐらいの台数だろう。

（終電に間に合わないぞ……）

すぐ向こうに、駅が見えているのが恨《うら》めしい。

竹原は、商事会社の営業課長で四十二歳。今日は部長のファイル整理に付き合って残業し、そのあと居酒屋とカラオケボックスとスナックまで付き合わされ、こんな時間になってしまったのだった。

金曜の夜だし、本当は仕事だけ終えて早く帰りたかったのだが、部長の奢《おご》りだし、彼の残務を手伝ったお礼だからと強引《ごういん》に誘われたのだ。

バイクと改造車の列は対向車線も走っているが、もう零時近く、もともと通行量は多くない通りだった。それでも向こう側に一台だけ、白の軽自動車が停止し、嵐が過ぎ去るのを待っているようだった。

と、ようやく暴走族たちは通り過ぎ、爆音が遠ざかっていった。

竹原は信号が青になるのを待って、ようやく道路を渡ろうとした。

しかし、まだ後続がいたか、四、五台ばかりのバイクが蛇行しながら迫ってきた。みな二人乗りで、金属バットを振り回していた。

竹原は舌打ちし、また渡りかけた道路を歩道まで戻った。

その時、向かいに停まっている軽自動車の窓から、何かキラキラ光るものが大量にばらまかれた。

(何だ……?)

竹原が目を凝《こ》らして見ると、それは無数のパチンコ玉だった。

「うわッ……!」

先頭のバイクが、パチンコ玉に車輪を取られて転倒した。

続いて二台めも横倒しとなり、辛うじて三台め以降が倒れる前に停車した。

さらに軽自動車から、黒ずくめの人物が二人飛び出し、手にした木刀で暴走族たちに攻撃をはじめた。

「てめえ! 何しやがる!」

倒れなかった三台に乗っていた無傷の六人が、怒号を上げて金属バットで応戦した。

しかし黒い二人の強いの何の、奴らのバットをかわしては、正確に腕や肩に木刀をめり込ませていた。

二人の人物は、お揃《そろ》いの黒いジャンパーにジーンズ。顔には黒い毛糸のスキー用マスクをかぶり、革手袋をはめ、どちらもほっそりとした体型だった。

(た、大変だ……! 一一〇番しなければ……)

と、竹原が思ったとき、最初に転倒した奴らの何人かが、顔をしかめながら起き上がり、転《ころ》がっていたバットを持って応戦しはじめた。

その中の数人が、敵の一人と思ったか歩道に立っている竹原の方にまで向かってきたのである。

「この野郎。ブッ殺してやる！」

暴走族といっても、連中は十七、八歳のガキだ。しかし殺気だけは本物で、竹原は逃げようと思った。

「うわ……！」

しかし竹原は縁石につまずいた。

そこへ金属バットが迫る。

やられる、と思い頭を抱えたが、黒マスクが近づいて、いち早く男の手首に木刀を叩きつけ、さらに顔面を打ちすえて倒していた。

「う、うしろ……」

竹原は、助けてくれた黒マスクに言った。背後から一人の暴走族がナイフで突きかかってきたのだ。

一瞬、身をかわした黒マスクは抜き胴で暴走族の腹を叩き、返す刀で肩の骨を粉砕した。暴走族は声もなく地に倒れ、泡を吹いて痙攣《けいれん》した。

しかしナイフの刃がかすったのだろうか、黒マスクの左手首から血が流れていた。

そこへ、もう一人の黒マスクが近づいた。

「大丈夫？」

「ええ……」

二人が短く言い合う。

（お、女……？）

竹原は耳を疑った。

暴走族たちは、もう立っているものは一人もいなかった。みな地に転がり、苦痛に呻《うめ》き、あるいは完全に気を失っていた。

さらに二人は、倒れている男の腕や足に木刀を叩きつけた。

「こ、殺しちゃいけない……」

ようやく気を取り直した竹原は、声を震《ふる》わせて言った。

「殺しはしない。そんな楽な世界には行かせない」

「そう。生きて苦しんでもらう」

二人の女性はマスクの中で声をくぐもらせて言い、残り全員の腕と足を木刀で粉砕していった。

竹原も、それ以上止める気はしなかった。どうせ相手はクズだ。むしろハンカチを出し、まだ血が出ている彼女の手首を縛ってやった。

近づくと、かなり汗ばんでいるのだろう。ふんわりと甘い匂いが竹原の鼻腔《びこう》をくすぐった。

「有難う」

彼女は言い、やがて誰かが通報したか、パトカーのサイレン音が聞こえてくると、二人は駆け足で車に戻り、どこへともなく走り去っていった。

竹原も、転がっている暴走族をそのままに、ようやく道路を渡ることができたが、終電は行ってしまったあとだった。

(仕方ない。滅多《めった》に見られないものを見たんだからな……)

タクシー代は痛いし女房に叱《しか》られそうだが、竹原はすっかり酔いも醒《さ》め、駅のタクシー乗り場に向かっていった。

2

「お早ようございます」

月曜朝、竹原のデスクにＯＬの高尾麗奈《たかおれいな》がお茶を持ってきてくれた。

ふと、甘い香りが揺らめき、竹原は目を上げた。その匂いに記憶があったのだ。

見ると、彼女の左手首に包帯が巻かれていた。

「君、どうしたの？」

「ええ、お料理の時に」

麗奈は笑顔で答え、すぐに給湯室へ戻っていった。

（まさか……）

竹原は思った。

麗奈は、去年の春に入社して、まだ一年足らずの新人。大卒の二十三歳である。

その日、竹原は彼女の動静にばかり気をつけ、観察していた。

確かに機敏で頭が良く、上司の評判も良い子である。スラリとした長身とロングのストレートの黒髪が魅力的で、きりりとした知的美人だった。

やがて竹原は、人事の友人のところへ行って麗奈の履歴書を見せてもらった。

（黒百合《くろゆり》女子大、剣道部出身。剣道四段、居合道三段……。やはり……）

竹原は確信した。

その日の帰り、社を出たところで竹原は麗奈に追い付き、思い切って声をかけてみた。

「どう？　食事でも」

言うと、麗奈はすぐに笑顔で従ってきた。

駅近くの、そんなに高くもないが洒落《しゃれ》た感じのレストランに入り、ワインを飲んだ。

「珍しいですね。課長がお誘いなんて。何かお話でも?」

「いや……」

笑みを絶やさず、神秘的な眼差《まなざ》しをした麗奈に正面から見られ、竹原は言葉を濁《にご》した。

すると麗奈が続けた。

「先週の金曜夜、そこの通りで事故があったようですね。暴走族が十人、重傷を負ったとか」

「………………」

麗奈の、意味ありげな視線に竹原は緊張した。

確かに新聞でも小さく報じられていたが、仲間割れか対抗グループとの悶着《もんちゃく》ぐらいと推測されていた。

「君は、やはり……」

竹原が言うと、麗奈はバッグから、洗濯してきちんと折り畳まれたハンカチを出して返してきた。

「も、もう一人の人は？」

「大学の同級生、剣道部の親友です。今は小学校の教師」

「なぜ……」

竹原は、目の前の料理に手をつけることも忘れて訊《き》いた。

「彼女の名は香川菜々子《かがわななこ》。大学剣道部では、彼女がキャプテンで私は副主将だったけど、私たちは同じ人を好きになったんです。二十も年上の助教授を」

麗奈は悪びれずに話しはじめた。

「私たちは牽制《けんせい》し合い、抜け駆けしない代わりに卒業後も彼を訪ねてお話ししたり、プラトニックな思いを貫《つらぬ》いていました」

「それで、その助教授は？」

「死にました。今年の元旦、初詣《はつもうで》に行く途中で暴走族の集団に囲まれて。彼は奥さんと娘さんを守って戦ったけれど」

なるほど、その事件の報道にも記憶があった。

何もしていないのに、ただ車で暴走族と行き合っただけでからまれ、何十人もの凶悪な害虫の攻撃を受けたのだった。

「奴らは、一人では何もできないクズです。それで私たちは週末になると復讐のため、オヤジ狩りならぬゾク狩りをするようになりました」

「そうか……」

それで彼女たちは、暴走族の通り道で、しかもあまり人や車の通行が多くない場所で、車で待機していたのだった。

「どうして僕に打ち明ける。いいのかい？」

「課長は勘が良いですから。今日は私を見ていましたね。履歴書まで見られたら、どちらにしろ、もう知られてしまうと思いました」

観察していたのは、竹原のほうだけではなかったのだ。

「それに、課長もオヤジ狩りに遭っていると聞きましたから、恨みはあるでしょう。だから信用できます」

「うん。もちろん口外はしないし、君たちの行動が痛快でもあった」

「今週末、ご一緒しませんか」

「え……？　ぼ、僕は武道の心得もないし、昔からケンカの経験は……」

「大丈夫。必ず勝てる相手だけ選ぶから」

麗奈は勝手に約束を取り付けたようにワイングラスを掲《かか》げ、カチンと竹原のグラスに触れ合わせてきた。

やがてレストランを出て、二人で駅へと向かう公園を横切ったとき、二人の若者がこちらへ歩いてきた。
十七、八の茶髪で、先祖代々学のなさそうな顔つきをしていた。
「ちょうどいいわ。練習に、あの二人をやりましょう。私が挑発するから」

麗奈の囁《ささや》きに竹原は驚いたが、すぐに、すれ違おうとした二人が向かってきた。

「お、おいおい……」

「おう、何だって人を睨《にら》みつけるんだよ！」

いきなりからんできた。

麗奈が、あからさまに軽蔑《けいべつ》の眼差しを向けたようだった。

一人が麗奈の前に立ちふさがり、もう一人は竹原の胸ぐらを摑《つか》んできた。女と、弱そうなサラリーマンと思ったのだろう。

麗奈の行動は早かった。

一瞬にして正面のガキの股間を蹴《け》り上げ、いち早くバッグから取り出したスチール製の警棒を引き伸ばし、奴の鎖骨を砕いていた。

「うぐッ……！」

奴がうつぶせに倒れると、

「こ、この女《あま》……！」

残る一人が竹原の胸から手を離して、麗奈に向かおうとした。

その横頬《よこほお》に容赦《ようしゃ》なく警棒が炸裂《さくれつ》し、奴は声もなく地に転がった。一撃で顎《あご》の骨が粉砕されたようだ。

「さあ、やってみて」

呆然としている竹原に、麗奈が警棒を渡した。

「頭を殴ると死ぬから、肘《ひじ》や膝を壊してやるといいわ」

美女が平然と言い、竹原も警棒を握り締め、呻いているガキの腕を殴《なぐ》り付けてみた。

人に暴力をふるうのは、これが生まれて初めてだ。

「ううッ……！」

ガキが呻き、竹原の手に心地《ここち》よい感触が伝わってきた。

さらに膝を殴り、もう一人にも向かう。次第に容赦ない力が込められ、オヤジ狩りの恨みも晴らすため何度となく打ち据えた。

「もういいわ。人が来る」

麗奈が言い、警棒を縮めてバッグにしまうと、竹原の腕を摑んで公園を抜け出した。

そのまま麗奈は、駅裏のラブホテルに竹原を引っ張り込んだ。

「しばらく休みましょう」

個室に入ると、麗奈は平然と言った。

「あいつら、どうなっただろう……」

竹原は、まだ興奮に息が弾《はず》み、声が震えていた。

「どうなってもいいわ。どうせ間違って人間に生まれてきたゴミだし、この先も善良な人間に迷惑をかけるだけだから」

麗奈も興奮に頰を紅潮させ、話など打ち切るように竹原に抱きついてきた。

「………」

竹原は、そこで初めて、ここがラブホテルの一室だと気づいたように戸惑い、麗奈の甘い髪の香りに頭が混乱してきた。

麗奈が、そのまま竹原をベッドに押し倒し、上からピッタリと唇を密着させてきた。

「ンン……」

麗奈は、甘酸《あまず》っぱくかぐわしい吐息に、ほんのりワインの香気を交じらせて鼻を鳴らし、舌を伸ばして竹原の口の中を舐《な》め回した。

竹原も、生まれて初めての体験に興奮し、貪《むさぼ》るように麗奈の舌を吸い、美人ＯＬの甘い唾液と吐息に酔い痴《し》れた。

麗奈は積極的に舌をからめながら、竹原のワイシャツを開き、自分も服を脱ぎながら彼の胸にも舌を這わせてきた。

さらに竹原のベルトをはずして、大胆にズボンと下着を引き下ろしながら、唇と舌を下降させていった。

3

「あう……、君……」

竹原は思わず声を上げ、快感に身悶《みもだ》えた。

まだシャワーも浴びていないというのに、麗奈は竹原の強《こわ》ばりを含み、激しく舌をからませてきたのだ。

喉の奥までスッポリと呑み込み、口の中をキュッキュッと締め付けてくれた。

たちまち竹原自身は美女の温かな唾液にまみれ、舌に翻弄《ほんろう》されてムクムクと最大限に膨張していった。

麗奈は竹原の股間に熱い息を吹きつけ、強く吸引しながら何度もスポンと口を引き抜いた。さらに潜《もぐ》り込んで陰嚢までしゃぶり、舐めながら自分もすっかり全裸になってしまった。

やがて竹原は、絶頂を迎えてしまう前に自分から身を起こし、彼女の口を離させた。

そして上下入れ代わり、仰向《あおむ》けになった麗奈にのしかかって形良い乳房に顔を埋《うず》めていった。

大きくはないが魅惑的で、ややツンとした上向き加減の、何とも感度の良さそうな膨らみだった。

「ああン……」

乳首にチュッと吸い付くと、麗奈は鼻にかかった甘い喘《あえ》ぎを洩らし、ビクッと敏感に反応してきた。

舌で転がすと、たちまち乳首はコリコリと硬く突き立ち、舌の圧迫を弾き返すほどになってきた。

彼女が身じろぐたび、胸の谷間や腋《わき》の下から甘ったるいフェロモンが悩ましく揺らめいた。

竹原は激しく息を弾ませ、麗奈の両の乳首を交互に吸った。浮気などしたこともなく、結婚以来この十二年、風俗にさえ行ったことはなかったのだ。

これが二十三歳の肌なのだ。それは柔らかく滑らかで、若々しい張りと弾力に満ちていた。

さすがに腕には筋肉が感じられ、腹筋も引き締まっていたが、同時に女らしい肌の丸みも感じられた。

竹原は舌で肌をたどり、甘い匂いの籠《こ》もる、ほんのり汗ばんだ腋の下にも顔を埋め込んで美女の匂いを貪った。

さらに肌を舐め下り、ムッチリした太腿から足のほうへも下りていった。若い女性が珍しく、隅々《すみずみ》まで探険してナマの匂いを知りたかったのだ。

足首を摑んで浮かせ、麗奈の足の裏を舐め、爪先にもしゃぶりついた。

「ああッ……、ダメ、課長、汚いわ……」

麗奈がクネクネと身悶え、声を上ずらせて喘いだ。

一日じゅう働き、さっきは暴れたせいか指の股は汗と脂にうっすらと湿り、ほのかな匂いを籠もらせていた。

竹原は全ての指を吸い、指の股に舌を割り込ませ、両足とも味も匂いもなくなるまでしゃぶり尽くした。

そして脚の内側を舐め上げ、腹這いになって両膝の間に顔を進め、麗奈の中心に向かっていった。

やがてスベスベの内腿の間に潜り込むと、麗奈の股間に籠もる熱気と湿り気が感じられた。

顔を寄せると、張りのある下腹から続く肌が股間でぷっくりと丘になり、そこに黒々とした恥毛が上品に煙《けぶ》っていた。

真下のワレメからは薄桃色の花びらがはみ出し、早くも内から溢《あふ》れた蜜《みつ》が今にもトロリと滴《したた》りそうにシズクを膨らませていた。

そっと指を当てて左右に開くと、内部はさらに熱くヌルヌルして、ホール周辺の細かな襞《ひだ》が息づいているのが見えた。

もう我慢できず、竹原はギュッと顔を埋め込んだ。

柔らかな恥毛が心地よく竹原の鼻をくすぐり、舌を伸ばすと濡《ぬ》れた粘膜がヌルッと感じられた。

「あ……、ああ……」

麗奈がキュッと内腿で竹原の顔を締め付けながら、熱っぽく喘いだ。

若草の隅々には、若い女のフェロモンが馥郁《ふくいく》と籠もり、うっとりと竹原の胸を満たしてきた。

舌はたちまち愛液にヌラつき、小さなクリトリスを舐め上げるたび、麗奈の内腿に激しい力が入った。

竹原は次第に激しく舌を動かし、愛液をすすり、さらに彼女の脚を抱え上げて、形良いお尻の谷間にも鼻先を潜り込ませていった。

両の親指でグイッと開き、奥でひっそりと閉じられているピンクのツボミにも舌を這わせた。

「あう！　そこは……」

無敵の女剣士も、今は女の恥じらいと快感に声を震わせていた。

谷間に籠もる淡い汗の匂いを感じながら、竹原は執拗《しつよう》に舌を這わせ、細かなヒダヒダの舌触りを味わった。

内部にまで舌をヌルッと潜り込ませると、

「アアッ……！」

麗奈は狂おしく喘ぎ、舌を締め付けるようにツボミを収縮させた。

クチュクチュ舌を蠢《うごめ》かせているうち、竹原の鼻先に白っぽく濁った愛液が、とうとうヌラヌラと滴ってきた。

竹原はそれを舌ですくい取りながら、再びワレメに舌を戻し、クリトリスを舐め上げていった。

「も、もうダメ……、きて……」

麗奈は、早くも小さなオルガスムスの波が押し寄せているように、ガクガクと肌を波打たせてせがんできた。

竹原も、ようやく身を起こして股間を押し進めていった。

そのまま先端を押し当て、若い女性の感触と温もりを味わうように、竹原はゆっくりと貫いていった。

「あん……、すごい……」

張り詰めた先端部が、ヌルッと花弁を丸く押し広げて潜り込むと、麗奈がビクッと顔をのけぞらせて喘いだ。

竹原は、ズブズブと根元まで挿入して身を重ねた。

内部は熱く燃えるようで、入り口は心地よくキュッと締まり、竹原の下で麗奈の肉体がクッションのように弾んだ。

麗奈は激しくしがみつき、待ちきれないように下からズンズンと股間を突き上げてきた。柔らかな恥毛がこすれ合い、彼女の恥骨のコリコリまでが新鮮に感じられた。

そのリズムに合わせ、竹原も腰を突き動かしはじめた。

熱く濡れた柔肉の摩擦感が、何とも心地よく突き上がってきた。

「ダ、ダメ、すぐいっちゃう……！」

麗奈が身を反らせ、まるでブリッジするように竹原を乗せたまま腰を跳ね上げてきた。

竹原もたちまち高まり、あっという間に大きな快感に貫かれてしまった。

「あう！　熱いわ……」

竹原が強《したた》かに射精すると、麗奈も内部に満ちるザーメンの熱さを感じ取ったように口走り、身を震わせて昇りつめていった。

竹原は最後の一滴まで放出し、やがてグッタリとなった麗奈に身を任せた。

そして満足気に力を抜いている麗奈の甘い吐息を感じながら、うっとりと余韻《よいん》に浸り込んだ……。

「もういいわ。行きましょう」

遠くから近づくサイレンを聞き取り、麗奈が言った。

黒ずくめの竹原も、麗奈の親友の菜々子も、河岸《かし》のマグロのようにゴロゴロと横たわる暴走族たちを後にして車に戻った。

4

金曜の夜だ。女房には、また部長の付き合いで遅くなると言ってある。

麗奈は竹原に菜々子を紹介し、今夜は三人で黒マスクをつけてガキどもに木刀をふるったのだった。

もちろん暴走族の本隊は数が多すぎるので狙《ねら》わず、徐々に群れて本隊に合流する前の四、五台を狙うのだった。そうした連中の動きや場所を、二人はよく心得ていた。

竹原も、この行為に次第に燃えるようになってきた。

最初は抵抗があったし恐ろしかったが、何しろ無敵の二人が一緒なのだ。

それに奴らは、竹原以上に武道の心得などなく、むやみにバットやナイフをふるってくるだけで、コツさえ摑めば案外楽しく楽勝のゲームだった。

もちろんバットに木刀で対峙《たいじ》するわけではなく、竹原の役割は二人が一撃を加えて弱っている奴らの始末だ。無傷の奴が向かってきたら、遠慮なく催涙《さいるい》スプレーを顔面に噴射し、あとは滅多打ちにしてやった。

どうせ社会のクズだし、成長してもろくな大人にはならないウジ虫どもだ。むしろ放っておいたら、竹原の小学生の娘がいつか被害に遭うかもしれない。これは世の中のため、正義のための行為なのだ。

「今日の奴らは簡単だったわね」

車の中で、マスクを取った菜々子が笑顔で言う。

やがて菜々子の運転で車はスタートした。助手席は麗奈。竹原は後部シートだ。

真冬とはいえ、心地よい運動で二人は汗ばんでいる。たちまち車の中には、若い女たちの甘ったるい芳香が籠もってきた。

菜々子も長身の、凜然《りんぜん》とした美しい女性だった。彼女も先週のゾク狩りの現場で竹原を見ているので、麗奈と同じ職場と聞いて快《こころよ》く認めてくれた。

菜々子は小学校教師。麗奈同様、昼間は優しく美しい女性として皆に好かれているのだろう。

車は麗奈のマンション駐車場に入り、三人は六階の部屋に戻った。

今日は、最初にここに集合して黒ずくめに着替え、出発したのである。

広いワンルームで、窓際にはベッド、手前にはソファやテレビが機能的に配置されていた。

麗奈はバスルームの準備をしたが、菜々子は待ちきれないようにジャンパーと上下のジャージを脱ぎはじめた。

麗奈より胸は大きいが、さすがにバネを秘めたように引き締まった肢体をしていた。

そして菜々子は、いきなり竹原に縋《すが》りつき、麗奈のセミダブルベッドに誘ってきた。

「ふふ、変でしょう。ゾク狩りをしたあとは、必ず女同士で燃えてしまうの」

菜々子は囁き、珍しげに男の胸を撫《な》でながら竹原に唇を重ねてきた。

二人はどうやら、学生時代からレズ関係にあったようだ。だから共通の男を好きになっても、抜け駆けせずプラトニックな関係で済んでいたのだろう。

二人にとって男は共有物、たまの欲求解消の玩具のようなものかもしれない。

麗奈も、二人の行為を平然と眺め、自分は先に一服して冷たいものを飲んでいた。

こうなると、二人のゾク狩りも、単に好きだった助教授のリベンジではなく、ストレス解消か、あるいは暴力そのものに魅了されているようだった。

ひたすら頭の悪い迷惑なクズどもを成敗し、その後は激しいセックスに燃える。これが美しい二人の新世紀の生き方なのかもしれなかった。

菜々子の甘い吐息に酔い痴《し》れながら舌をからめ、お互いに全裸になっていった。

竹原は菜々子を仰向けにして上になり、豊かな胸に顔を埋めていった。甘ったるいミルクのような汗の匂いが漂う。実際、胸の谷間にはポツポツと汗の玉が浮かんでいた。

乳首を吸い、谷間の汗を舐めると、麗奈より甘い匂いが濃く、恥毛は色っぽく密集していた。

竹原は、麗奈にもしたように菜々子の腋の下から足の指までを舐めてナマのフェロモンを味わい、やがて股間に潜り込んでいった。

生ぬるく悩ましい女の匂いに包まれながら、竹原は大量に溢れる蜜を舐め、クリトリスを吸った。

「ああッ……！　気持ちいい……」

菜々子が弓なりに身を反らせて喘ぎ、さらに新たな愛液を湧き出させた。

と、見ていた麗奈も全裸になり、ベッドに上ってきた。

そして菜々子の股間に顔を埋めている竹原に迫り、ペニスに指を這わせ、仰向けになって潜り込み深々と含んできた。

クチュクチュと無邪気な音をたててしゃぶられ、たちまち竹原自身は麗奈の唾液にまみれてピンピンに勃起した。

やがて菜々子も身を起こし、入れ代わって竹原が仰向けになった。

「今度はあたし……」

菜々子が囁き、麗奈を退《の》かせて竹原を含んできた。

「く……」

チュッと強く吸い付かれ、思わず竹原は呻いた。

同じ二十三歳の口の中でも、やはり二人の感触や温もりは微妙に違い、竹原はジワジワと高まってきた。

菜々子は貪るように亀頭を吸い、尿道口に激しく舌を這わせ、さらに陰嚢から、竹原の脚を浮かせて肛門まで舐め回してきた。

麗奈は竹原の胸を舐め、這い上がって唇を重ねてきた。

竹原は、ほんのりと果実のように甘酸っぱい麗奈の吐息にうっとりとし、美女二人を相手にするという生まれて初めての体験にのめり込んだ。

執拗に含んで吸い付いていた菜々子が、竹原の股間からようやく離れて這い上がった。

そして麗奈に割り込むように唇を重ねてきた。

女二人との同時のディープキスだ。

竹原は、二人の混じり合った熱い唾液と吐息に酔い痴れ、下から二人の肌に手を這わせた。

三人が顔を突き合わせているため、狭い空間に甘い匂いと熱気が籠もり、竹原の鼻の頭までジットリと湿ってくるほどだった。

やがて菜々子のほうが、仰向けの竹原の股間に跨《また》がり、上からゆっくりと挿入していった。肉棒が、ヌルヌルッと一気に菜々子の柔肉に没し、竹原は快感に気を引き締めた。

どうやら麗奈が、確保した男を提供しているのだろう。今日は完全に菜々子がメインだった。

竹原は、自身の欲望や快感に正直な、この新時代の女たちに翻弄され、急激に高まっていった。

「ああ……、いいわ……」

菜々子も息を弾ませ、小刻みに股間を上下させて口走った。

動くたび、溢れた大量の愛液が竹原の陰嚢から内腿までもベットリと濡らした。

「舐めて……」

と、麗奈も大胆に竹原の顔を跨ぎ、濡れたワレメをピッタリと彼の口に押しつけてきた。竹原は、麗奈の匂いに包まれながら、必死に舌を動かし、愛液をすすった。

女二人は、それぞれ男のペニスと舌を独占しながら、上で熱っぽく舌をからめていた。

そして三人とも、ほぼ同時に昇りつめていった……。

5

「本当は、一度人を斬り殺してみたいわ」

バスルームで、三人ボディソープにまみれながら菜々子が言った。

「そうね。少しでも長く苦痛を与えたいけど、たまには切れ味と腕を試したいわ」

麗奈も応じて言う。

二人とも剣道ばかりでなく、居合道の有段者だから、当然日本刀の真剣も持っているのだろう。

「それには、姿をくらます準備もしないと」

菜々子が答える。

恐ろしいとは思いながらも、竹原は黙っていた。どうせ殺《や》られるのはクズだし、そうした話題を口にすればするほど二人が燃えてくるのが分かってきたからだ。

やがて汗を流してバスルームを出ると、三人はまたベッドで濃厚な行為を繰り返した。

次は麗奈をジックリ満足させ、また一休みして仰向けになっていると、今度は二人が同時にペニスに舌を這わせてきた。

「も、もう充分だよ……」

「ダメよ。今度は飲んでみたいの」

菜々子が言い、喉の奥まで含んではチュパッと引き抜き、麗奈も吸い付いてきた。

二人のミックスされた唾液にヌラヌラとまみれると、それでも竹原はムクムクと勃起してきた。

さらに二人は交互に竹原の肛門まで舐め回し、一人ずつ睾丸にも吸い付いて舌で転がした。

「ああ……」

竹原は、降参するように声を洩らした。

二人の美女は竹原の前も後ろも貪り尽くし、やがて本格的に幹に舌を這わせてきた。

それぞれの感触の舌が亀頭を弾き、熱く混じり合った息が股間をくすぐった。

最後は菜々子のほうが含んで、顔全体を上下させてスポスポと摩擦運動を開始した。

助教授への思いがプラトニックだっただけに、男への欲求は溜まりに溜まっているようだった。

「い、いく……！」

竹原は警告を発するように口走ったが、たちまち快感に貫かれてしまった。

菜々子も口を離さず、全ての噴出を口の中に受けとめて、喉を鳴らして飲み干してしまった。

最後の一滴まで絞り出しても、なおも執拗に舐められ、射精直後の亀頭が舌の刺激にヒクヒクと震えた……。

竹原は、この十年分ほどのザーメンをまとめて吸い出された感じだった。

結局、また終電に乗れなかったが、菜々子の車で家の近くまで送ってもらった。女房には、部長の息子の車で送ってもらったと言っておいたが、別に疑われもしなかった。パッとしない竹原は、浮気の心配もされていないのである。

翌週は、平凡な日々が続いた。

そして金曜日のこと。

「今夜は、するの?」

人のいない資料室で竹原が訊くと、

「いいえ。今夜は都合があるから」

麗奈は笑顔で答えた。

「ねえ、少しぐらい戻らなくても大丈夫よね……?」

麗奈が言い、竹原の唇を求めてきた。

竹原も応じて舌をからめ、麗奈の甘いフェロモンに酔い、トロリとした温かい唾液で喉を潤した。

今まで、真面目一筋に生きてきた竹原だったが、麗奈と出会って禁断の暴力に目覚め、さらに社内での情事にも妖しい魅力を覚えていた。

麗奈は竹原の股間を探り、満足気に勃起を確認した。

唇を離し、麗奈はそのましゃがみ込んでファスナーを下ろし、引っ張り出したペニスを喉の奥まで呑み込んだ。

薄寒い資料室の片隅で、快感の中心のみが温かく心地よい空間に包み込まれた。

麗奈は巧《たく》みに舌を蠢かせ、充分な愛撫を与えてから身を起こし、制服のスカートをまくり上げてきた。

「して。後ろから……」

麗奈は言いながらパンストとショーツを膝まで下ろし、竹原の方に形良いお尻を突き出してきた。

竹原も彼女のお尻に屈み込み、先にワレメに舌を這わせた。早くも真下の花弁は蜜でヌルヌルになり、彼はお尻の穴まで充分に舐めてから身を起こした。

竹原は激しく興奮し、息を詰めてバックからゆっくりと挿入していった。

「あん……」

麗奈は書棚にもたれかかって、深々と竹原自身を受け入れて喘いだ。

ズブズブと根元まで押し込むと、麗奈の丸いお尻が下腹部に当たって弾み、何とも気持ち良かった。竹原は両腋から手を回してブラウスの胸を揉み、ズンズンと激しく腰を突き動かした。

「き、気持ちいい……」

麗奈は声を上ずらせ、お尻をクネクネさせて動きを合わせた。

たちまち竹原は高まり、麗奈も立っていられないほど膝をガクガク震わせてきた。

膣内はキュッキュッと艶《なま》めかしく収縮し、竹原はとうとう大きな快感の嵐に巻き込まれてしまった。

「あう……！」

同時に麗奈も声を上げ、ガクガクと全身を痙攣させた。

やがて快感の余韻までジックリと味わってから、二人はようやく身を離した。

身繕《みづくろ》いして、二人は何事もなかったかのように別々に資料室を出てオフィスに戻ったのだった。

翌日の土曜日。竹原は自宅のテレビのニュースで、金曜の夜の事件を知った。

それは、暴走族五人が日本刀のようなもので惨殺されるという事件だった。

ニュースでは、前と同じように暴走族同士の争いという見方を強めていたが、重傷を負った数人の生き残りの証言で、相手が黒ずくめの二人ということは分かっていた。

今までも、その二人に多くの暴走族が負傷させられてきたことは警察も知っている。

(やはり、僕を誘わずに二人だけでやったのか……!)

竹原は思い、女房に悟られないように散歩のふりをして、麗奈のマンションまで行ってみた。

二人に、仲間外れにされたという意識はない。おそらく二人は、竹原に迷惑をかけまいと思い、二人だけで決行したのだろう。

やがてマンションに着いたが、胸騒ぎの予感は的中し、麗奈はいなかった。一階ポストの名札は外され、六階まで上がってチャイムを鳴らしても、もう誰も住んでいないようだった。

昨日の昼間の社内での情事は、麗奈なりの別れの儀式だったのかもしれない。

もう探しても無駄だろう。

やがて月曜、竹原は営業部長から、麗奈の急な退職を知らされたのだった。

「どうしてですか?」

「ああ、急に故郷へ帰ることになったようだな。見合いでもしたんじゃないか。どうせ結婚までの腰掛けだ。よくあることとさ」

部長は気にもしていないようだ。

菜々子も同様に、もう小学校を退職しているのだろう。

竹原は、たった一度だけ参加した夜の暴力が、やけに遠い記憶のように思えた。

そして新世紀の美女たちが、次はどこで何をするのかと思いを馳《は》せるのだった。

女教師の秘蜜

1

（さあ、今夜こそ決行しよう……！）

山尾治郎《やまおじろう》は、緊張に身震《みぶる》いしながら意を決し、自分のアパートを出た。

彼は二十三歳、新米の高校国語教師だ。

もう半年余り、男女共学校に通って教鞭を執《と》っているが、どうにも頼りない感じがあって生徒には嘗《な》められている。

しかし、そんな山尾を叱咤《しった》しているのが、先輩教師の黛恵理子《まゆずみえりこ》だった。彼女は二十五歳の独身。一年生の担任を持ち、山尾はその副担任だった。

恵理子は英語教師、颯爽《さっそう》とした長身の美女で、男子の悪ガキたちも一目置くほどの美貌と貫禄があった。もちろん大部分の男子生徒は、恵理子の面影でオナニーしていることだろう。

もちろん山尾も同じだった。

彼は、まだファーストキスも知らない童貞である。勉強に夢中で、青春時代をろくに味わっていなかった。

だから今の男子生徒の方が、彼よりずっと進んだ体験をしていることだろう。

とにかく山尾は、恵理子に憧《あこが》れ、誰もいない職員室で彼女の椅子のクッションに顔を埋《うず》めたり、廊下ですれ違うときの風を吸い込んだりするほど熱烈に片思いしていた。

しかし恵理子は、先輩教師として彼に助言するだけで、全く個人的には興味を抱いてくれないようだ。それどころか、頼りない山尾を男とさえ見ていないようなほど、辛辣《しんらつ》な叱責《しっせき》をしてくることもあった。

「そんなことだから生徒にバカにされるのよ。教師なんて辞めてしまいなさい！」

きつい眼差しで言われ、その夜のオナニーは燃えた。確かに、女王様と奴隷という構図ならピッタリなのである。

それでも山尾は、恵理子を犯す計画を立ててしまった。実際には恵理子にリードされ、女体というものを教えて欲しいのだが、それは望めないだろう。

それならば、自分から積極的に恵理子を凌辱《りょうじょく》してしまうしか、彼女に触れる方法はないのだった。

それで計画を立て、不登校になっている生徒の家庭訪問をした報告をしに、彼女のハイツまで訪ねることにしたのだった。

夜分に訪ねるのは警戒されるかもしれないが、生徒の家の帰り道に寄ったという口実を考えた。もとより彼女は、山尾のことなど相手にしていないし、玄関で帰ると言えば、ドアを開けてくれるだろう。

そのときに、用意したスタンガンで脅《おど》し、ロープで縛《しば》って完遂させればよい。ビデオに撮っておけば訴えられないだろうし、正直にお願いすれば、万一、諦《あきら》めて手ほどきする方向に展開してくれるかもしれない。

もちろん一度きりで終わっても構わない。あとは撮った映像で熱烈にオナニーすればよいのだ。

彼はロープとスタンガン、デジタルビデオカメラをバッグに入れ、緊張しながら恵理子のハイツに到着した。午後六時半だ。

彼女の部屋は一階の角にあった。すでに下見は済ませてある。

山尾は指を震わせながらスタンガンの準備をし、深呼吸してチャイムを鳴らした。

しかし、窓から灯りは洩れているのに応答がない。そのうえ中でバタバタと物音がしているではないか。

気になり、彼はドアを迂回《うかい》して窓の方へと行ってみた。そこは狭い通路になっていて、低い塀の向こう側は空き地だった。

すると、開け放された窓からいきなり男が飛び出て、塀を乗り越えるや否や、一目散に空き地を横切って逃げていったのである。

（うわ……！　な、何だ……？）

山尾は驚いて立ちすくんでいたが、静寂が戻ると、恐る恐る開けっ放しの窓から中を覗《のぞ》き込んだ。

すると、ベッドに恵理子が縛り付けられているではないか。どうやら強盗でも入って恵理子を縛《いまし》め、物色しているところへチャイムが鳴ったので、慌《あわ》てて犯人が逃げていったのだろうか。

それにしては念入りに縛り、目隠しと猿轡《さるぐつわ》までしている。しかも恵理子は大の字、と言うよりX型に両手両足をベッドの四隅に固定されていたのだ。

これは強盗ではなく、明らかに犯そうという目的もあったのだろう。

何と、同じ目的の犯人がいたのである。間一髪、山尾はそれを救ったことになってしまった。確かに山尾自身、恵理子をこのようにしようと思っていたが、いきなりチャイムが鳴れば、やはり同じように逃げ出したことだろう。

山尾は、僅《わず》かな時間に目まぐるしく考えた。

助けに入って恵理子の縛めを解けば、感謝されるだろう。しかし、セックスに発展する可能性は少ない。

長い時間をかければ好意が芽生えるかもしれないが、今は恵理子も非日常の仕打ちに震え上がっていることだろう。

それならば、何もかも今の犯人がしたことにし、山尾は便乗してしまおうと決意した。

窓から侵入し、サッシを閉めて内側から施錠した。玄関のロックも確認してから、彼は不要になったスタンガンをしまい、バッグからデジタルビデオカメラを取り出し、スイッチを入れてベッドに向けた。

「ウウ……！」

恵理子は身動きできず、何が起きているかも分からずもがいていた。

手拭いで目隠しされ、セミロングの黒髪が乱れている。形良い鼻が荒い呼吸を繰り返し、嚙《か》んでいる猿轡の手拭いには、しっとりと唾液が染み込んでいた。

ブラウスの胸が開かれ、パンストはビリビリに裂かれていた。まさに、あと少し遅れたら凌辱されていたことだろう。

もっとも恵理子にしてみれば、同じ結果になるのだが、見知らぬ犯人より山尾の方が優しく扱うつもりだった。

山尾は、室内に籠《こ》もる甘ったるいフェロモンに激しく興奮した。何しろ、彼女を拘束するという最も大変な作業をしなくて済み、無駄な体力を使わなかったのだから、欲望への切り替えは早かった。

部屋はワンルームタイプ。ベッドは窓際で、あとは学習机と本棚、テレビにテーブル、キッチンなどだった。

山尾は気づいて靴を脱ぎ、さらにシャツとズボンも脱ぎ去り、そのうえ下着も下ろして全裸になった。彼女が目隠しされているので、ためらいはなかった。

もう、このうえ誰かが来ることはないだろう。犯人は通報を恐れて、二度とここへは戻ってこないはずだ。

山尾は恵理子に迫り、パンストが裂かれてナマ脚の覗いている下半身に顔を寄せた。声さえ出さなければ、こちらの正体は分からないだろう。

彼はまず爪先《つまさき》に鼻を押し当て、繊維の隅々に籠もった汗と脂《あぶら》の匂いを嗅《か》いだ。そして完全にパンストを裂いて取り去り、素足にも鼻を埋め、舌を這《は》わせた。

まだ着替えてもいないので、帰宅して間もなかったのだろう。指の股はジットリと湿り、蒸れた匂いが馥郁《ふくいく》と籠もっていた。

足裏を舐《な》め、綺麗な桜色の爪をしゃぶり、順々に指の間に舌を割り込ませていった。

「ンンッ……！」

恵理子が呻《うめ》き、縛られている足首を動かして反応した。

山尾は左右の足裏と指の股を全て舐め回し、味と匂いが消え去るまで堪能した。

そして左右に開かれたブラウスの奥にあるブラをずらし、形良い、見事な巨乳を露出させていった。

2

（うわ、なんて色っぽい……！）

山尾は、目の前いっぱいに広がる膨らみに目を見張った。

前から巨乳とは思っていたが、こうしてナマ乳を見ると、そのボリュームに圧倒されそうだった。

乳首と乳輪は綺麗な薄桃色で、胸元はジットリと汗ばんでいた。乳首に吸い付いて顔全体を柔らかな膨らみに押しつけると、

「く……！」

恵理子が呻き、今までブラウスの内に籠もっていた甘ったるい汗の匂いが、ふんわりと生ぬるく立ち昇った。

山尾は夢中になって乳首を舌で転がし、もう片方にも強く吸い付いていった。

さらに胸元に滲《にじ》む汗を舐め、乱れたブラウスの内部に顔を潜《もぐ》り込ませ、さらに濃厚な体臭を籠もらせている腋《わき》の下にも鼻を押しつけて舌を這わせた。

腋は剃り跡のざらつきもないほどスベスベで、濃いフェロモンが馥郁と彼の鼻腔を刺激してきた。

彼は充分に乳房と腋を愛撫し、さらに白い首筋を舐め上げ、猿轡の上から彼女の唇を舐めた。鼻から洩れる息はひんやりとしてうっすらと甘く、さらに唾液に湿った猿轡をずらし、口から洩れる息を嗅ぐと、それは熱く湿り気を含んで、果実のように甘《あま》酸《ず》っぱい芳香がした。

しかし嚙み切られるといけないので、それ以上舌を差し入れることはしなかった。

やがて山尾は再び彼女の肌を舐め下り、完全にスカートをめくりあげ、白いショーツに指をかけて引き下げていった。

もちろん脚が大股開きのまま固定されているので、完全に脱がせてしまうわけにいかない。山尾はテーブルにあったハサミを取りに行って戻り、下げたショーツを切り裂いて取り除いた。

単なる布切れと化したショーツを広げてみると、うっすらと中心部が湿っていた。鼻を埋めると、繊維の隅々には濃厚な美人教師のフェロモンが染みついていた。

やがてショーツを捨て、彼は生身の股間に顔を迫らせていった。

黒々と艶《つや》のある茂みが股間の丘にこんもりと煙り、ワレメからはピンクの花びらがはみ出していた。大股開きのため、それが僅かに開いて奥の柔肉が覗いていた。

彼はビデオカメラを手にし、さらに指で陰唇を左右に広げ、内部をアップで撮った。

それからまたカメラを置き、恵理子のワレメに専念した。

息づく膣口の周りにある襞《ひだ》は、ネットリとした蜜《みつ》に潤っていた。感じて濡《ぬ》れているわけもないから、あるいは暴虐に際し、殺菌作用のある愛液を出し、さらには潤滑油で苦痛を和《やわ》らげようという準備をしているのかもしれない。

実に、女体とは神秘なものだと思った。

とにかく山尾は、初めて目の当たりにする生身のワレメに目を凝らした。

膣口の少し上には、ポツンとした小さな尿道口も確認でき、さらに上の方には真珠色の光沢を放つクリトリスも、包皮の下から顔を覗かせていた。

やはり裏ビデオなどで見るのとは違い、憧れの女性のものは美しいと思った。

それに顔の左右には白くムッチリとした内腿が広がり、股間全体には生ぬるい熱気と湿り気が馥郁と籠もっているのだ。

もう我慢できず、彼は濃厚なフェロモンに誘われて、恵理子の中心部にギュッと顔を埋め込んでいった。

「ウウッ……！」

茂みに鼻をこすりつけ、ワレメに舌を這わせると、恵理子がビクッと顔をのけぞらせて呻いた。

柔らかな恥毛の隅々には、何とも甘ったるい汗の匂いが籠もり、さらに下の方にはオシッコの匂いも感じられた。

山尾は美女の生の匂いに感激し、犬のようにクンクン鼻を鳴らしながら恵理子のフェロモンを吸収し、陰唇の内側に舌を差し入れていった。

柔肉はトロリとした淡い酸味の蜜に濡れ、細かに入り組む襞の舌触りが心地よかった。そしてクリトリスを舐め上げると、

「ク……！」

恵理子が息を呑み、下腹をヒクヒクと波打たせた。

山尾が執拗《しつよう》にクリトリスを吸い、舌先で弾くように舐めると、愛液の量が格段に増してきた。やはり相手が誰か分からなくても、ここを刺激されると否応なく反応して濡れてしまうのだろう。

山尾はクリトリスを舐めては、新たに溢《あふ》れた愛液をすすり、美女の味と匂いを存分に堪能した。

そして腰を浮かせるようにしながら真下に潜り込むと、白く丸いお尻の谷間に触れた。鼻を潜り込ませていくと、顔中に双丘がひんやりと密着して弾んだ。

谷間の奥には、可憐なピンクの肛門がキュッと閉じられ、鼻を押し当てると、秘めやかな微香が感じられた。どうやら、洗浄器のない校内のトイレで用を足したのだろう。

美女のナマの匂いに山尾は激しく興奮し、細かな襞に舌を這わせた。そして充分に濡らしてから舌先を押し込み、ヌルッとした滑らかな粘膜まで味わった。

そして前も後ろも存分に味わってから彼は身を起こし、もう待ちきれずに屹立したペニスを押し進めていった。

本当はおしゃぶりしてもらいたいが、やはり嚙まれると困るので、幹に指を添え、亀頭をワレメにこすりつけてヌメリを与えた。

そして見当をつけて先端を押しつけると、ヌルリと潜り込むので、そのまま挿入していった。

たちまち肉棒は、ヌルヌルッと滑らかに吸い込まれてゆき、柔襞の摩擦で危うく漏らしそうになってしまった。

何とか堪《こら》えて根元まで貫き、股間を密着させながら両脚を伸ばし、身を重ねていった。

胸の下では巨乳が押し潰されて心地よく弾み、ペニス全体は熱く濡れた柔肉にキュッと締め付けられた。

とうとうセックス初体験をしたのだ。

山尾は感激と快感に包まれ、猿轡越しに感じられる恵理子のかぐわしい吐息を嗅ぎながら、ズンズンと勢いをつけてピストン運動を開始した。

潤滑油があるので動きは滑らかで、山尾はもっと長く楽しみたいと思ったが、あまりの心地よさに、あっという間に絶頂に達してしまった。

「う……！」

声を悟られないように短く呻き、全身にオルガスムスの快感を受け止めた。

股間をぶつけるように荒々しく動き、熱い大量のザーメンをドクンドクンと勢いよく内部にほとばしらせた。

何という快感だろう。やはり一人でオナニーするのとはわけが違った。女体と一つになり、温もりを分かち合って得る絶頂こそ最高なのだと分かった。

やがて最後の一滴まで、彼は心おきなく出し尽くした。そして満足げに動きを止めて柔肌に体重を預け、恵理子の温もりと甘い吐息を感じながら、うっとりと快感の余韻を味わった。

呼吸を整えると身を起こし、股間を引き離した。そしてもう一度ビデオカメラで彼女の全身やワレメの様子を撮ってからスイッチを切り、バッグにしまったのだった。

3

（とうとうやってしまった……）

山尾は感慨を込めて思った。

本当なら続けて何度でも射精したいほど欲求は溜まっているが、一度目の射精を終えて激情が過ぎ去ると、急に怖くなってきてしまったのだ。

とにかく服を着て、玄関に靴を回した。窓から出ると、今度は誰かに見咎《みとが》められるかもしれない。

そして、恵理子もこのままでは餓死してしまうので、右手の縛めだけ解いてやった。そうすれば、あとは自分で左手や両足のロープを解くことが出来るだろう。

実際、恵理子はすぐにも自由になった右手で目隠しを取り外しにかかっていた。

見られないように、山尾はバッグを持ち、靴を履いて急いでドアから飛び出していった。

あとはアパートへ戻り、撮った収穫物を見ながら、もう一度オナニーすればいい。

（いや、待て……）

それでは、今後とも恵理子との関係は、今の状態のままではないか。

今夜こそ、さらに彼女と親しくなれるチャンスなのである。長い時間が経ったかと思われたが、今は、夜七時半過ぎだった。まだ、訪ねるのに遅すぎるという非常識な時間ではない。

何食わぬ顔で、いま初めて訪問したという演技は可能だろう。まして彼女の方は、パニックに近い精神状態だろうし、よもや日頃から頼りないと思っている山尾がレイプしたなど、夢にも思わないだろう。

とにかく家庭訪問の結果報告という名目で訪ね、彼女の様子が変なので事情を聞いて慰《なぐさ》めてやろう。

もちろん通報しようとしたら止めた方が良い。最初の犯人がうまく捕まっても、彼は行為にはおよんでいないし、彼女の体内には山尾のザーメンが残っているのだ。戻るのは大変な勇気を要するが、犯人に便乗したとはいえ、彼は計画を完遂したのだから自信もついていた。

やがて彼は引き返し、もう恵理子が手足の縛めを解いて落ち着いた頃だろうと見計らって、チャイムを鳴らした。

「どなた……」

今度は、すぐに恵理子の声が返ってきた。

「あ、山尾です。家庭訪問の帰りなので、ついでと思い報告に。ご迷惑なら帰ります」

「いいわ、入って。開いているわ」

恵理子が中から答えてきた。確かに、山尾がこのドアから出て、ロックもしていないのである。

「じゃ、失礼します」

そっとノブを回してドアを開けると、恵理子はブラウスとスカート姿、ナマ脚のままで洗面所にいた。

どうやら、バスタブに湯を張っていたところのようだ。

「え？　どうかなさいましたか」

山尾は、ベッドや床に散らばっているロープやパンストの残骸を見て言った。

「いいのよ、上がって。そこをロックして」

言われて、山尾は恐る恐るドアを内側からロックし、出てきたばかりの部屋に上がり込んだ。

「ちょうどお風呂に入るところだったのだけれど」

「それは失礼しました。何なら明日学校で」

山尾は、意外なほど恵理子が落ち着いていることを訝《いぶか》しく思った。

「ううん、一緒に入る？」

「え……？」

山尾は、何を言われたか分からなかった。

「さあ、脱いで。早く！」

恵理子が言い、先に自分からブラウスとスカートを脱ぎ去ってしまった。ブラはつけず、さっきのままノーパンだから、たちまち恵理子は一糸まとわぬ全裸になった。

（い、いったい何が起きているんだ……？）

山尾は混乱し、わけが分からず立ちすくんでいた。

すると全裸の恵理子が迫り、彼のシャツとズボンを脱がせはじめた。山尾はじりじりとベッドまで後退し、とうとう最後の一枚まで脱がされると、そのままベッドに押し倒されてしまった。

恵理子が添い寝し、やんわりとペニスを握ってくる。

「まだ余りのザーメンが残っているわね」

恵理子が囁《ささや》きながら、指の腹でヌラヌラと尿道口をこすった。確かに、まだザーメンが残り、亀頭も彼女の愛液に湿ったままだった。

「な、何のことですか……」

「ビデオだけは、消去してくれないと困るわ」

恵理子が耳元で囁き、その間も指の愛撫が続いているから、彼自身は完全に回復して、ピンピンに張りつめた。

「い、いったい……」

「目隠しされてても、隙間から君の顔が見えていたの。バッグの中にあるビデオカメラが証拠だわ」

「そ、そんな……」

山尾は目の前が真っ暗になり、混乱にわけが分からなくなっていた。ここで力ずくで、再び彼女を犯そうという発想にはならなかった。縛めを解かれた彼女の方が長身だし、それ以前に美しい目で射すくめられて気持ちも萎縮していた。

「いい？　一回きりで帰ってはダメよ。とことん私を満足させなさい。そうすれば、警察には言わないでいてあげる」

恵理子は囁きながら、彼の耳朶《みみたぶ》をカリッと嚙み、そのまま移動してピッタリと唇を重ねてきた。

「ウ……！」

いきなり唇が重なり、山尾は小さく呻いて全身を硬直させた。

すぐに、ヌルッと恵理子の長い舌が侵入し、甘酸っぱい吐息が鼻腔を心地よく満たしてきた。さっきは、したくても果たせなかったディープキスを、今は恵理子の方から行なってくれたのである。

山尾もチロチロと舌をからめ、滑らかな感触と、生温かくトロトロと注がれる唾液でうっとりと喉を潤した。

恵理子はことさら大量の唾液を垂らしてくれ、その間もニギニギと指でペニスを愛撫していた。

「う……、も、もう……」

高まると、山尾は降参するように口を離して言った。

「そう、何度でも出来るのに、一回で逃げ出すなんて……」

恵理子は言い、ようやくペニスから指を離してくれた。そして彼の首筋を舐め下り、乳首を嚙み、腹を舌でたどって、とうとう熱い息を彼の股間に吐きかけてきた。

「あぁッ……!」

先端を舐められ、山尾は感激に喘いだ。

恵理子は嚙みつくようなこともなく、丁寧に舌先で先端を舐め、尿道口から滲む粘液をすすってくれた。

さらに張りつめた亀頭を舐め、幹をたどって陰嚢もしゃぶり、二つの睾丸を舌で転がしてから、再び舌先でツツーッと幹の裏側を舐め上げてきた。

そして先端に達すると、今度は丸く開いた口でスッポリと喉の奥まで吞み込み、温かく濡れた口腔をキュッと引き締めてくれた。

内部ではクチュクチュと舌が蠢《うごめ》き、熱い息に恥毛がそよいだ。たちまちペニス全体は、温かく清らかな唾液にどっぷりと浸り、急激に絶頂が迫ってきた。

やがて恵理子は顔全体を上下させ、リズミカルにスポスポと口で摩擦しはじめた。

もう堪《たま》らず、山尾は二度目の絶頂を迎えてしまった。

4

「アア……、い、いく……！」

快感に包まれて口走りながら、山尾はドクンドクンとありったけのザーメンを美人教師の口の中に噴出させてしまった。

「ンン……」

恵理子は喉の奥に受け止めながら小さく鼻を鳴らし、口の中がいっぱいになると、小刻みに喉の奥へ流し込んでくれた。

（ああ……、飲まれている……）

恵理子の喉がゴクリと鳴るたび、口の中が締まって、感激とともにダメ押しの快感が突き上がった。

やがて最後の一滴まで吸い出され、山尾は魂まで抜かれたようにグッタリとなった。

恵理子も全て飲み干すと、ようやくチュパッと口を離し、まだ余りの滲む尿道口にヌラヌラと丁寧に舌を這わせてくれた。

「あう……」

その刺激に、射精直後で過敏になった亀頭が反応し、彼は呻きながら腰をよじった。

やっと舐め尽くすと恵理子は顔を上げ、添い寝してきてくれた。

山尾は巨乳に頬を当て、腕枕してもらって温もりと匂いに包まれながら、うっとりと快感の余韻を味わった。

恵理子が怒っている様子はないし、今夜これからもっと頑張れば許されることもないだろうと思った。

そして呼吸を整えると、彼は疑問を口にしてみた。

「いったい、どういうことなのです。最初の男は、あれは暴漢ではないのですか……？」

「あれは、数学の吉野《よしの》先生よ」

「え……？」

言われて、山尾は目を丸くした。

数学教師の吉野孝一《こういち》は、四十歳の妻子持ちだ。しかも校内では新米の山尾以上に頼りなく、生徒にバカにされているダサイ中年男ではないか。

「そんな、彼が思いきって貴女を襲いに？」

「ううん、あれはプレイよ」

「……？？」

恵理子が言っても、山尾にはピンと来なかった。

「じゃ、吉野先生は、愛人……？」

「ええ、そろそろ別れようとは思っていたけれど。彼も奥さんが怖いらしく、そろそろバレるのじゃないかとドキドキしていたようだから」

「そ、それで……？」

「私は頼りないダメ男を苛《いじ》めるのが好き。でも今日は、そろそろ別れ話も出ているから、趣向を変えて私が受け身になるレイプごっこをしようと提案したの」

「それで、縛らせて、目隠しと猿轡を……」

「そう。でも手加減していたから目隠しも隙間から、全部見えていたわけ。しかもチャイムにビビって逃げ出してしまったから、もう付き合う気はないわ」

「どうしてチャイムに驚いたんだろう」

「私に怖い彼氏がいるという幻想を、勝手に抱いていたみたい。もちろん誰もいないのに」

「へえ……」

なるほど、あの臆病な吉野なら、そんな空想を勝手にするかもしれないと山尾も思った。

してみると吉野は贅沢にも、恵理子の方から誘われたのに、いつも逃げ腰で相手をし、早く別れたいと思っていたのかもしれない。

「今日、あなたが入ってきたときは驚いたけれど、手間が省けたわ。近々、あなたに手を出そうと思っていたのだから」

恵理子が言う。どうやら彼女にとって山尾は、新たなダメ男ということになるのだろう。

してみると、少し待っていれば、こんな大冒険をしなくても、恵理子の方から接触してきてくれたようだった。

それでも山尾は、今回の行動は起こして良かったと思った。何より恵理子を傷つけなくて済んだのだし、自分も思いきった決意をして成長しただろう。

「そろそろお湯が溜まるわ」

恵理子が言い、彼の手を握って起き上がった。そして一緒にベッドを下り、バスルームへと入っていった。

狭い洗い場で身を寄せ合ってシャワーを浴び、彼はペニスを、恵理子はワレメを念入りに洗った。

これでフェロモンは消えてしまったが仕方がない。もちろん彼はもう一回ぐらい出来るし、恵理子も彼を解放する気はないようだった。

「こうして……」

いったん交互に湯に浸《つ》かってから上がると、恵理子が言った。そして山尾を洗い場に座らせ、自分はその前に立ち、片方の足をバスタブのふちに載せた。

山尾も自分から、目の前にある股間に顔を押しつけた。そして形良い腰を抱え、濡れた恥毛に鼻を埋め、ワレメに舌を這わせはじめた。

陰唇の内部は、新たな蜜にヌルヌルしていた。それを舐めていると恵理子は彼の頭を押さえつけ、ギュッと固定した。

同時に、ワレメ内部からチョロチョロと生温かな液体がほとばしってきたのだ。

「飲んで……」

恵理子が上の方から言い、下腹を強《こわ》ばらせながらゆるゆると放尿をはじめた。

山尾は驚いたが、激しく艶《なま》めかしい気持ちに包まれ、夢中で流れを舌に受け止めた。

味わうと、匂いも味も実に淡く、飲み込んでも抵抗なく喉を通過していった。それに加え、美女の身体から出たものを取り入れるという行為にも激しく燃え上がった。

「アア……、いい子ね……」

恵理子はうっとりと言いながら彼の髪を撫で、とうとう最後まで出し切ってしまった。多少は口から溢れた分が肌を伝い、回復しはじめているペニスを浸したが、彼は初めて味わう感覚に心から酔いしれた。

やがて山尾は舌を差し入れ、ワレメ内部に溜まった余りをすすり、膣口からクリトリスまで舐め回した。

「ああ……、いい気持ち……」

恵理子は喘ぎ、新たな愛液を湧き出させ、彼の舌の動きを滑らかにさせた。

そして彼女は爪先でそっとペニスに触れ、その回復力と硬度に満足したようだった。

やがて二人はもう一度シャワーで全身を洗い流してから湯に浸かり、バスルームを出た。

身体を拭き、全裸のままベッドへと戻っていった。

山尾が、恵理子の匂いの染みついたベッドに横になっていると、彼女は彼のバッグを開けてビデオカメラを取り出した。そして再生してみて、

「よく撮れているわ。でもこれは没収よ」

そう言い、スイッチを切って自分の本棚に置いてしまった。

もちろん山尾も異存はない。

これから何度も恵理子とセックスできるなら、家でオナニーする必要もなくなるのだ。そして別れ話でもでたら、また今度はＳＭプレイで目隠しをし、そのときにでも盗撮すればよいと思った。

やがて恵理子が添い寝し、仰向けの彼の顔に跨《また》がってきた。やはり女王様タイプは、自分から行動し、上になる方が性に合っているのだろう。

「本当は、大人しい生徒にこうしてみたいのだけれど、それは無理でしょう？　食べてみたい可愛い男の子が、いっぱいいるのに残念だわ」

恵理子が、彼の顔中にヌラヌラとワレメをこすりつけながら言う。

もちろん、未成年の教え子を相手にするのは問題である。しかし山尾は、美しく颯《さっ》爽《そう》とした恵理子が、大人しい男子高校生を弄《もてあそ》ぶ様子を想像し、激しく高まった。

それをされたら、一生感謝する男子生徒も多いだろうに、それは出来ないことなのだ。だから自分が、それらの代わりに弄ばれよう、と山尾は思った。

5

「ああッ……、いい気持ち……」

下から山尾にクリトリスを舐められ、恵理子が顔をのけぞらせて喘いだ。彼女は自ら巨乳も揉みしだき、グイグイと遠慮なく彼の顔に体重をかけていた。

たちまち山尾の顔は美人教師の生温かな愛液でヌルヌルにまみれ、湯上がりの匂いとともに、彼女本来のフェロモンもうっすらと入り混じって鼻腔を刺激してきた。

さらに彼女は股間をずらし、ためらいなくお尻の谷間も彼の口に押しつけてきた。

山尾は必死に美女の肛門を舐め、内部にもヌルッと舌先を潜り込ませた。そうするとワレメが鼻に密着し、彼は心地よい窒息感に包まれた。

やがて前も後ろも充分に舐めさせ、すっかり気が済んだように恵理子が股間を引き離してきた。

そして仰向けの彼のペニスに顔を寄せ、再び喉の奥まで呑み込み、上気した頬をすぼめて吸引し、クチュクチュと激しく舌をからみつかせてきた。

回復しているペニスが唾液にまみれ、唇と舌、たまに軽く当てられる歯の感触に最大限に高まっていった。

恵理子も彼の絶頂が来る前にスポンと口を離し、そのまま彼の股間に跨がってきた。

唾液に濡れた幹にそっと指を添え、先端を膣口に当てると、恵理子は感触を味わうようにゆっくりと腰を沈み込ませていった。

「あうう……、いいわ……」

たちまちペニスがヌルヌルッと根元まで潜り込み、恵理子は喘ぎながら股間を密着させ、完全にギュッと座り込んできた。

山尾も、挿入時の肉襞の摩擦に高まり、今も熱く濡れた柔肉に締め付けられてうっとりとなった。

しかし、すでに二回射精しているので、しばらくは暴発する心配もなさそうだ。恵理子にしてみれば、これが絶頂を合わせられるぐらいの頃合いと見ているのだろう。

確かに、最初の挿入では早すぎるし、二度目も初めてのフェラチオであっという間に果ててしまった。山尾も今となって、ようやく感触や温もりを味わう余裕が持てるようになったのである。

上体を起こしたまま、恵理子はグリグリと股間を動かし、濡れた粘膜でペニスをこね回すように腰を使った。引き締まった腹がうねうねと妖しく蠢き、たわわに実った巨乳が艶めかしく揺れた。

やがて彼女は股間を密着させながら上体を倒し、自分から乳首を彼の口に押しつけてきた。山尾もチュッと吸い付き、のしかかる柔肌に圧倒されながら、彼女の内部でヒクヒクとペニスを震わせた。

恵理子は左右とも充分に舐めさせてから、さらに肌を密着させ、彼の肩に腕を回して抱きすくめてくれた。

そして彼女は股間のみならず、肌全体をこすりつけるように動き、山尾も下からズンズンと股間を突き上げはじめた。

「ああ……、もっと強く、奥まで……」

恵理子が彼の耳元で喘ぎ、さらに耳の穴や頬にも舌を這わせてくれた。

顔を向けると唇が重なり、山尾は美女の吐き出す甘酸っぱい息の匂いでうっとりと鼻腔を満たしながら、次第に股間の突き上げを激しくさせていった。

「ンンッ……！」

恵理子は充分に舌をからめ、たっぷりと唾液を飲ませてくれながら鼻を鳴らした。

さらに彼女は山尾の鼻の穴をチロチロと舐め、鼻筋を額まで舐め上げ、瞼《まぶた》にも念入りに舌を這わせてくれた。

彼は顔中清らかな唾液でヌルヌルになり、悩ましい果実臭に包まれた。

「い、いきそう……」

いよいよ高まり、山尾が降参するように言うと、

「待って……、もう少し、アアッ……！」

恵理子も応え、そのときを待つように息を詰めて腰の動きに勢いをつけた。

たちまち、恵理子の全身がガクンガクンと狂おしい痙攣を開始した。

「い、いく……、ああーッ……！」

恵理子が喘ぎ、同時に膣内がキュッキュッと絶頂の収縮を繰り返した。

「あうう……！」

ひとたまりもなく、山尾は呻きながら続いてオルガスムスに達し、溶けてしまいそうな快感の渦《うず》に巻き込まれていった。

ありったけの熱いザーメンが勢いよくほとばしると、

「く……、熱いわ……！　もっと出して……」

内部の噴出を感じ取り、恵理子がダメ押しの快感を得たように身をよじった。

やはり互いの絶頂が一致することが、最高の快感なのだと山尾は実感した。

やがて最後の一滴まで出し尽くした彼は、すっかり満足して動きを止め、グッタリと力を抜いていった。

恵理子も徐々に動きを弱め、全身の硬直を解きながら遠慮なく彼に体重を預けてきた。

汗ばんだ肌が密着し、深々と潜り込んだままのペニスが、断末魔のようにピクンと脈打つと、

「あう……」

恵理子が声を洩らし、応えるようにキュッときつく締め付けてくれた。

恵理子は再び唇を重ね、喘ぎすぎてすっかり乾き気味になった口から、濃くなったフェロモンを惜しみなく与えてくれた。山尾は、美女の唾液と吐息の匂いに包まれながら、うっとりと快感の余韻に浸り込んだ。

「良かったわ。すごく……」

恵理子も満足したように呟き、やがて股間を引き離し、処理も後回しにしてゴロリと添い寝してきた。

「これからも、していいですか……」

「ええ、校内も刺激的ね。吉野先生は、度胸がなくて一度も応じてくれなかったけれど」

恵理子の囁きに、山尾はまた回復してきそうになってしまった。確かに、校内で行なうのは刺激が大きそうだった。

山尾は、恵理子と懇《ねんご》ろになれたことで、限りない幸福感に包まれた。

しかし、そのときである。

いきなりチャイムが二回続けて鳴ったのだ。

「大変……！」

恵理子が慌てて身を起こし、山尾の靴と服をまとめて彼に投げてきた。

「怖い彼が来たわ。窓から逃げて。死にたくなかったら……」

「え？　そ、そんな。それは吉野先生の空想では……」

山尾は驚いて言ったが、続けてドアがドンドンと激しく叩かれた。

「恵理子、何やってるんだ。早く開けろ！」

外からだみ声が聞こえ、山尾は完全に震え上がった。

「待って、今シャワー浴びようとしていたから」

恵理子が答え、早くと急かすように手を振った。とにかく山尾は靴と服、バッグを持って窓から飛び出した。

やはり、あれほどの良い女となると、さらに上手をゆく彼氏がいるのも仕方がないのだろうか。

結局、山尾は吉野教諭と同じく、窓から逃げ出す羽目になったのだった。

淫《みだ》ら風薫る

1

（あれ？　何か入っている……）

バイトから戻り、シャワーを浴びた浩之《ひろゆき》は、テレビに接続したＤＶＤのハードディスクに何か映像が録画されているのを見つけた。

何か録画した覚えはない。特に決まったテレビ番組は観ていないし、たまに借りて観るアダルトＤＶＤも、いちいちハードディスクに録画することなどないのだ。

怪訝《けげん》に思いながら、浩之は再生のスイッチを押した。

竹田《たけだ》浩之は二十歳《はたち》になったばかり。文学部の大学二年生で、居酒屋でバイトしている。今日も大学を終えて仕事をし、賄《まかな》いの夕食も終えて帰宅したところだ。

ここは都下郊外にある古いアパート、浦見荘《うらみそう》の一階。住んで二年目になる部屋は六畳一間に三畳のキッチン、狭いバストイレがある。

六畳間は万年床と机、本棚にテレビなどが狭いながら機能的に配置されていた。

明日は休みなので、これから寝しなにゆっくりオナニーでもしようと、テレビをつけたところで、ＤＶＤデッキの保存録画に気がついたのである。

今は給料前で、アダルトＤＶＤを借りる金もなかったから、今夜はテレビを観て、アイドルや女子アナの顔を見ながら抜こうと思っていたのだ。

やがて彼は布団に横たわり、ティッシュを引き寄せて、いつものオナニー体勢になった。画面には映像が現われ、一人の美女が映し出された。

（うわ、可愛い……）

画面の美女は、何とも愛くるしい顔立ちをした、長い黒髪の十八か九の若い娘だ。

しかも全裸で横たわり、惜しげもなく形良いオッパイと丸みのある腰、むっちりした白い太腿《ふともも》を晒《さら》していた。

しかも股間の茂みもはっきり見えているので、どうやら裏モノのようだ。

見た記憶がないので、あるいは友人から借りた裏ＤＶＤをダビングし、そのまま忘れていたのかも知れない。

「ね、見て……」

画面の中の美女が、黒目がちの大きな眼差《まなざ》しをこちらに向け、小さく言いながら大股開きになった。

画面いっぱいにＭ字開脚になり、ワレメが丸見えになった。

（な、なんて色っぽい……！）

浩之はゴクリと生唾《なまつば》を飲み、思いがけなくソソる映像に目を凝《こ》らし、激しく勃起していった。

茂みはふんわりと柔らかそうで、股間のぷっくりした丘に煙《けぶ》っていた。全体がぽっちゃりしているのでワレメも肉づきが良く、丸みを帯びている。

はみ出した花びらも綺麗なピンクで、うっすらと潤《うるお》っているのが分かった。

やがて彼女が両の人差し指をワレメに当て、グイッと陰唇を左右に開いたのだ。

微《かす》かに画面から、ピチャッと湿った音が聞こえ、中身が丸見えになった。

（うわ、なんて強烈……！）

浩之は目を見開き、美女の神秘の部分に注目した。

中はヌメヌメと潤うピンクの柔肉だ。下の方には細かな花弁状の襞《ひだ》に囲まれた膣口が艶《なま》めかしく息づき、ポツンとした小さな尿道口まで確認できた。

そしてワレメの上の方には小指の先ほどの包皮の出っ張りがあり、真珠色の光沢あるクリトリスが顔を覗《のぞ》かせていた。さらに割れ目の下の方、お尻の谷間には可愛いツボミまで見えているではないか。

まるで彼女のかぐわしいフェロモンさえ、画面から漂《ただよ》ってくるようだった。

やがて美女は、開かれたワレメ内部を指でいじりはじめた。

クチュクチュと湿った音が聞こえ、愛液の量も増してきた。

「ああ……」

彼女も喘《あえ》ぎはじめ、白く滑《なめ》らかな肌が、うねうねと妖《あや》しく悶《もだ》えた。

彼女は指の腹でツンと勃起したクリトリスを、小さく円を描くようにこすり、そのたびに柔肉や膣口が様々に表情を変えた。

ときには彼女が指の先を膣口に入れ、掻《か》き回すように動かした。透明な蜜《みつ》が白っぽく濁り、それが膣口の周りの襞にネットリとまつわりついた。

さらに彼女は右手でワレメをいじりながら、左手では形良いオッパイを揉み、指でピンクの乳首をつまんでいた。

その向こうで、喘ぐ顔がのけぞった。

浩之も、堪《たま》らずオナニーを開始し、画面の彼女と一緒に高まっていった。

「ああ……、い、いく……！」

彼女が弓なりに反り返り、画面の方に股間を突き出しながら口走った。そして腰をガクガクと跳ね上げながら、指の動きを激しくさせた。

ピチャクチャいう卑猥《ひわい》な音がリズミカルに続き、膣口から溢《あふ》れる愛液は肛門の方にまで滴《したた》っていた。

「アアーッ……！」

彼女が声を上げ、激しくのけぞって絶頂に達すると同時に、右手の動きを速めた浩之も大きなオルガスムスの快感に全身を貫かれていた。

「く……！」

身悶えながら呻《うめ》き、彼は慌てて左手でティッシュを取り、ドクドクと噴出する熱いザーメンを受け止めた。

思いがけない快感を嚙《か》みしめて硬直し、彼は最後の一滴まで絞《しぼ》り尽くしてから、ぐったりと力を抜いていった。

そして、まだザーメンを拭《ぬぐ》う気力も湧かないまま、快感の余韻に浸《ひた》って画面に目をやった。

彼女も、四肢を投げ出してハアハアと荒い呼吸を繰り返していた。

しかし、その時である。彼女が吐息混じりに小さく言ったのだ。

「好き……、浩之さん……」

「え……？」

彼は、思わず息を詰めて半身を起こした。

画面の中の彼女を見ると、もう口は開かず、目を閉じてうっとりと呼吸を整えているだけだ。

その時、浩之は気がついた。

画面の中、彼女が横たわっている布団、後ろにある机と本棚。それは、この部屋そのものではないか！

「なに？　そ、そんなバカな……！」

浩之はガバッと起き上がり、画面に近づいて目を凝らした。

間違いない。それはこの部屋であり、彼女は、ちょうどこの位置、テレビ画面に向かって脚を開いている形だった。

「ま、まさか、そんなことが……！」

浩之はザーメンを拭《ふ》くのも忘れ、ただテレビの前に座って呆然《ぼうぜん》としていた。

まるでテレビ画面を境に、こちらと向こうに二つの世界があるようだった。

彼はリモコンを手にし、もう一度最初から見直そうとした。

「あれ……？　おかしい……」

しかし、いったん画面が消えてしまうと、もう二度とその映像は映らなくなっていたのである。

保存された画像は何もなくなり、ただ画面からは、深夜のバラエティが流れているだけだった。

どうやら一度見ただけで、消滅してしまったようだった。浩之は怖くなり、布団に潜り込んで無理にでも寝ることにした。

怖いのでテレビをつけっぱなしにしていたが、またテレビから彼女が出てくるともっと怖いので、部屋の灯りを点け、テレビは消して寝たのだった。

2
（あれは、何だったんだろう……）

翌朝になり、浩之はあれこれ考えた。

何とかインスタントラーメンで朝食は終え、朝もシャワーを浴びてから布団の上に座り、昨夜のことを思い出していたのだ。

可能性としては、このＤＶＤデッキは友人からもらった中古で、相当使い古したものだったから、急に故障したことは充分に考えられる。

だから、二度と映らなかったのは、それで解決したことにする。

ただ、どうして女の子がこの部屋に居たのだろうか。勝手に入って自分のオナニーを、持ち込んだカメラで録画し、このＤＶＤのハードディスクに保存して帰り、愛のメッセージを残した、あるいは——、悪戯《いたずら》で行なった。

浩之は童貞で、付き合っている彼女は過去にも現在にも居ない。この部屋に入ったのは大学の友人数人、もちろん男だけだ。

ドアと窓の施錠は、一階だけに浩之は神経質になっているから、掛け忘れて外出することだけは絶対にない。もちろん合鍵を持っている友人は一人もいなかった。

（あるいは……）

他の部屋の住人が、天井裏から伝って入ってきた。あるいは天井裏にでも勝手に棲《す》みついているのではないか。

そうなると、天井裏を確認するのも怖くなってきた。

そして、最も可能性が高いのが、夢だったという結論だ。

確かに昨夜は疲れて帰り、横になってオナニーしようとしたまま眠ってしまったことも考えられる。第一、ＤＶＤのハードディスクには何も入っていないのだから、何の証拠も残っていないのである。

今日になって彼は念入りに室内を調べたが、髪の毛一本落ちていないし、彼女が使ったであろうこの布団にも、何ら女の匂いは残っていなかった。

大学か、居酒屋の客で気に入った女の子が印象に残り、それが無意識に夢に出ただけではないだろうか。

（そうだな、それしかないか……）

浩之がそう思ったとき、いきなりドアがノックされた。

「ひゃっ……！」

布団に座っていた彼は十数センチ跳び上がり、慌《あわ》てて立ち上がった。まだ昼前だ。外は梅雨《つゆ》の晴れ間で明るいので、そんなに怖がることもない。

「はい……」

「申し訳ありません。浦見です」

浩之がドアの内側から言うと、すぐ女性の声で応答があった。アパートの隣に住んでいる大家だ。彼は安心してロックを外し、ドアを開けた。

「いきなり済みません。少しお話があるのですが、構いませんでしょうか」

大家の主婦、三十代後半の由利子《ゆりこ》が言い、ふんわりした甘い匂いを漂わせた。

「はい。大丈夫です。どうぞ、散らかってますが」

浩之が言うと、由利子も立ち話では済まない込み入った用件らしく、すぐに遠慮なく上がり込んできた。

ここへ女性が入るのは、浩之が知る限り初めてである。

少し緊張しながらも胸が弾《はず》んだのは、由利子が美人だからだ。たまに道で挨拶《あいさつ》しても、なんて綺麗な熟女だろうと思い、オナニー妄想でお世話になったことも一度や二度ではないのだ。

セミロングの黒髪に切れ長の眼差し、清楚《せいそ》な印象の割に巨乳で、腰のラインも実に豊満に熟《う》れていた。

「あ、どうかお構いなく」

キッチンに立とうとした浩之を制して言い、由利子は万年床の横の、僅《わず》かな畳のスペースに座った。

エロ本なども散らばっていないし、割に整頓はしている方だ。浩之も彼女の前に行き、他に場所もないので布団の上に座った。

そして話を聞く態勢になると、すぐに由利子が口を開いた。

「実は、本当に申し訳ないことなのですが、うちの娘、薫子《かおるこ》が、勝手にこの部屋に入ってしまいました」

「あ……」

由利子の言葉に、思わず浩之は声を上げた。なるほど、大家の娘ならこっそり合鍵を持ち出すことも可能だろう。

そして今思えば、画面の女の子はどことなく、この由利子に似ていた。

「やはり、思い当たるのですね……」

「い、いえ、何かあったわけではありませんし、言われなければ気づかなかったことですから……」

そう言いつつ、浩之は疑念が解消して、心からほっとしていた。

どうやら由利子は、娘の薫子が勝手に合鍵を持ち出したところを見咎《みとが》め、白状させたのだろう。もちろん薫子は、オナニーしたことまでは母親に言っていないだろうが、叱《しか》られて今ごろ部屋で塞《ふさ》ぎ込んでいるのかも知れない。

だが浩之は、この由利子に、あんな高校を出たぐらいの娘が居るということは知らなかった。

もっとも生活のサイクルが違えば行き合うこともないし、大家と店子《たなこ》だからといって、家族全部を熟知しているわけではないのである。

むしろ浩之は、隣家に年頃の美女がいることで心が浮かれてきた。

そして由利子が高校を出てすぐ結婚して出産し、薫子が高校を出たぐらいの年なら、この由利子は三十七歳ぐらいかな、などと取り留めもなく思った。

「それでお願いなのですが、もちろん二度とあのようなことはさせませんが、万一、あの子がここへ来るようなことがあったら、断固として追い出してくださいませ」

「は、はあ……」

薫子の彼氏としては、失格という意味だろうか。浩之は気のない返事をした。

すると何と、いきなり由利子がブラウスのボタンを外しはじめたではないか。

「そうして頂けるのなら、私のことは自由にしてくださって構いません……」

「え……？　そ、そんな、何を一体……」

戸惑《とまど》っているうちにも、彼女は立ち上がってスカートを脱ぎ、ブラウスとパンストまで脱ぎ去ってしまった。

そして色っぽい黒のブラとショーツ姿になって、彼の普段着であるジャージに手をかけてきたのだ。

「さあ、どうか脱いで。それとも、恋人がいるの？　私が相手では嫌？」

「い、嫌じゃありません！　恋人もいません！」

浩之は元気よく答え、スイッチが切り替わったように自分で手早く脱ぎはじめた。

こんなチャンスは二度とないだろう。風俗さえ行ったことのない二十歳。今までモテなかったのは、今日この時の幸運のためだったのだ。

童貞喪失の相手として、美しく熟れた由利子は申し分ない。

たちまち彼はトランクスだけになり、布団に横になりながら、最後の一枚を羞《は》じらいながら脱ぎ去った。もちろんペニスは、はち切れそうにピンピンに突き立っていた。

やがて由利子も、ためらいなくブラとショーツを脱ぎ去り、一糸まとわぬ姿で添い寝してきたのだった。

3

「もしかして、初めてかしら……？」

興奮に震《ふる》えている彼に熟れ肌をくっつけ、由利子が囁《ささや》いた。

「え、ええ……」

浩之は緊張しながら頷《うなず》き、眩《まぶ》しくてろくに彼女の身体も見ることが出来なかった。

「分かったわ。じゃ私が最初にしてあげる」

由利子は言い、彼に腕枕してくれ、整った顔を近づけてきた。

ぽってりとした色っぽい唇が、ピッタリと彼の口に密着してきた。これが、記念すべき彼のファーストキスとなった。

柔らかく、ほんのり濡れた感触が伝わり、熱く湿《しめ》り気ある、花粉のように甘い息の匂いが鼻腔《びこう》を刺激してきた。

唇が触れ合ったまま開き、ヌルリとナメクジのような舌が侵入してきた。思わず前歯を開いて受け入れると、それはヌラヌラと彼の口の中を隅々まで舐《な》め回した。

浩之もそっと舌を触れ合わせると、由利子の長い舌が嬉々としてからみつき、生温かくネットリとした唾液が流れ込んできた。

喉を潤すと、何とも甘美な悦びが全身に広がっていった。

やがて浩之が、すっかり美女の唾液と吐息に酔いしれると、ようやく彼女は唇を離し、彼の耳朶《みみたぶ》をそっと嚙み、首筋を舐め下りて乳首に移動していった。

美しいが、ごく普通の主婦が、こんな大胆で慣れたテクニックを持っているのだろうか。いや、それは童貞の彼には分からないことで、どの人妻も、みなこの程度のことは行なっているのかも知れない。

「あぁッ……、気持ちいい……」

乳首を舐められ、浩之は思わず喘いだ。彼女は熱い息で肌をくすぐりながら、チロチロと舌先で刺激し、さらに軽くキュッと嚙んでくれた。

それを左右交互に行なわれるうち、彼はペニスに触れられる前に暴発してしまいそうなほど高まっていった。

両の乳首を舐めると、さらに彼女が臍《へそ》から下腹へと舌を下降させていった。

たまに彼の内腿に、巨乳がムニュッと触れてきた。

そしてとうとう、由利子の熱い息が彼の股間に吐きかけられ、幹がやんわりと握られた。さらに身構える暇《ひま》もなく、先端にヌラヌラと舌が触れてきたのだ。

「アア……、で、出ちゃう……」

「いいわ、一回出してすっきりしなさい。そして落ち着いてから、もう一度ゆっくり」

由利子が股間から答え、さらに張りつめた亀頭を丁寧に舐め回し、尿道口から滲《にじ》む粘液も舐め取ってくれた。

「ああ……、も、もう……」

浩之は喘ぎながらも、懸命に肛門を引き締めて耐えた。一回出せと言われているのだから我慢しなくて良いのだろうが、やはり少しでも長く、この目眩《めくるめ》く体験を長引かせたいのである。

由利子は、舌先で幹を舐め下り、陰嚢にもしゃぶりついてくれた。ここも実に心地よい場所だ。

袋に満遍《まんべん》なく舌を這《は》わせ、二つの睾丸を舌で転がし、優しく吸ってくれた。

さらに彼の脚を浮かせ、何と肛門にまでチロチロと舌を這わせ、ヌルッと浅く押し込んできたのだ。

「あうう……！」

彼は、熱い息が肛門から吹き込まれるような快感に呻《うめ》き、キュッと彼女の舌を締めつけた。肛門で美女の舌を感じるとは、何という贅沢《ぜいたく》な快感であろう。

本当に、シャワーを浴びたあとで良かったと彼は思った。

やがて充分に舌を蠢《うごめ》かせてから、由利子は再び移動し、陰嚢の中央の縫い目を舌先でたどってから、ペニスの裏側をツツーッと舐め上げてきた。

そして今度は、丸く開いた口でスッポリと喉の奥まで呑み込んだのだ。

「アア……！」

浩之は激しい快感に喘ぎ、温かく濡れた口の中でヒクヒクと幹を震わせた。

彼女は幹を締め付け、上気した頬をすぼめて吸った。内部ではクチュクチュと舌がからみつき、熱い鼻息が恥毛をくすぐった。たちまちペニス全体は、美女の清らかな唾液にどっぷりと浸った。

さらに彼女は、顔全体を上下させ、スポスポとリズミカルに摩擦《まさつ》してくれたのだ。

もう限界である。

「い、いっちゃう……、あぁッ……！」

浩之は、ひとたまりもなく声を上げ、大きな絶頂に全身を貫かれていた。そして溶けてしまいそうな快感に身悶えながら、ドクンドクンとありったけの熱いザーメンをほとばしらせた。

「ンン……」

喉の奥を直撃されながら、由利子は小さく鼻を鳴らし、少しも驚かずに噴出を受け止めてくれた。

こんな美女の口に出して良いのだろうか、という禁断の思いも快感となり、彼は最後の一滴まで心おきなく出し尽くしてしまった。

由利子は亀頭を含んだまま、ゴクリと喉を鳴らして飲み込み、なおも余りを吸ってくれた。

「あう……！」

浩之は、魂まで抜かれそうな刺激に呻き、やがてグッタリと力を抜いた。

由利子も全て飲み干してからチュパッと口を離し、舌先で尿道口のヌメリを丁寧に舐め回してくれた。

その刺激に、射精直後の亀頭がヒクヒクと過敏に反応し、彼も腰をよじって喘いだ。

「あうう……、ど、どうか、もう……」

降参するように言うと、ようやく由利子も舌を引っ込め、チロリと淫らに舌なめずりしながら再び添い寝してきた。

「すごい量と勢いだわ。味も濃くて、とっても美味《おい》しかった……」

言いながら彼に腕枕し、巨乳を押しつけてきた。

「さあ、今度は浩之さんの番よ……」

由利子が甘い息で囁き、彼に色づいた乳首を含ませた。

浩之も、余韻に浸る間もなく乳首に吸い付き、豊かな膨らみ全体に顔中を密着させていった。

柔らかな感触と弾力が伝わり、甘ったるい汗の匂いが馥郁《ふくいく》と鼻腔を刺激してきた。

どうやら今日はまだシャワーも浴びず、昨夜入浴したぐらいなのだろう。

熟女のナマのフェロモンに酔いしれ、浩之は次第に夢中になって吸い付き、勃起した乳首を舌で転がしはじめた。

「アア……、いい気持ちよ。もっと強く……、噛んでもいいわ……」

由利子が言い、きつく彼の顔を巨乳に抱きすくめた。

熱く甘い吐息にザーメンの匂いは混じらず、上品な刺激を含んで艶めかしかった。

乳首は、浩之も噛まれると気持ち良かったので、彼女も強い刺激を好むのだろう。

彼は歯を当て、コリコリと小刻みに噛み、もう片方にも吸い付いていった。

両の乳首を充分に味わってから、腕を差し上げて腋《わき》の下に顔を埋めると、何とそこには楚々《そそ》とした色っぽい腋毛があった。

鼻を埋め込むと、何とも甘ったるい汗の匂いが鼻腔を刺激し、柔らかな毛の感触が心地よかった。

やがて美女のフェロモンを堪能し、浩之は滑らかな熟れ肌を舐め下りていった。

4

「ね、好きにしていいですか……」

「いいわ。何をしても、好きなように……」

浩之がためらいがちに言うと、由利子も身を投げ出して答えた。

その言葉に勇気を出し、彼は美女のお臍を舐め、柔らかな腹部に頬を押しつけた。骨がない部分なので、実に心地よい弾力と温もりが伝わった。

そして下腹から腰骨に移ると、浩之は股間へは行かず、太腿から脚の方へと舐め下りていった。

やはり、せっかくだから女体の隅々まで味わっておきたいし、口内発射したばかりだから、まだ性急に挿入するのが勿体《もったい》なかったのだ。

スベスベの脚を舐め下り、足首まで達すると、彼は足の裏に顔を押し当てた。そして指の間に鼻を埋めると、ほんのりした蒸れた匂いが鼻腔をくすぐった。

「あう……、汚いのに……」

爪先にしゃぶりつくと、由利子は言いながらも拒まず好きにさせてくれた。

指の股は汗と脂にジットリと湿り、舌を割り込ませるとほのかにしょっぱい味覚があった。

「アアッ……！」

順々に指の間に舌を潜り込ませるたび、由利子が顔をのけぞらせて喘ぎ、彼の口の中でキュッと舌を挟み付けてきた。

桜色の爪を嚙み、もう片方の足も全て賞味すると、彼は由利子に俯《うつぶ》せになってもらった。

踵《かかと》から脹《ふく》ら脛《はぎ》を舐め、汗ばんだヒカガミをたどり、むっちりした太腿からお尻の丸みを移動していった。

腰骨から背中を舐めると、うっすらと汗の味がした。

そして肩まで行き、黒髪に顔を埋めて甘い匂いを嗅ぎ、うなじと耳を舐めた。

「あん……、いい気持ちよ……」

由利子がビクッと肩をすくめて喘いだ。

浩之は再び背中を舐め下り、たまに脇腹に寄り道しながらお尻に戻った。

今度は開かせた脚の間に腹這い、両の親指でグイッと豊かな双丘を開いた。すると可憐な薄桃色のツボミがひっそりと閉じられ、何とも綺麗な形だった。

鼻を埋めると、ほんのりと秘めやかな匂いが感じられた。古い一軒家のトイレには、洗浄器がついていないのだろう。

浩之は美女の微香に酔いしれながら舌を這わせ、細かに震える襞を味わった。さらに中にも舌先を潜り込ませると、ヌルッとした滑らかな粘膜に触れた。

「あうう……」

由利子が呻き、潜り込んだ彼の舌先をキュッと締め付けてきた。

浩之は顔中に密着する、ひんやりしたお尻の丸みが心地よく、いつまでも内部で舌を蠢《うごめ》かせていた。

ようやく舌を引き抜き、寝返りを打たせた。そして彼女の片方の脚をくぐると、目の前に神秘の部分が迫り、惜しげもなく大きく開かれた。

「ああ……、恥ずかしい。そんなに見ないで……」

大股開きになりながら、由利子が息を震わせて言った。

色白の肌をバックに、股間の丘には黒々と艶《つや》のある茂みが密集していた。ワレメからはみ出すピンクの花びらはヌメヌメと蜜に潤い、奥の柔肉も覗いていた。

浩之は艶めかしい眺めに生唾を飲みながら、そっと指を当てて陰唇を開いた。

中には、二十年近く前に薫子が生まれ出てきた膣口が息づき、花弁状の襞に囲まれて濡れていた。

小さな尿道口も見え、包皮の下からは大きめのクリトリスが突き立っていた。光沢ある突起は亀頭の形をし、内腿に挟まれた股間全体には、悩ましい匂いを含んだ熱気と湿り気が、渦《うず》巻くように籠もっていた。

もう我慢できず、浩之は美女の中心部にギュッと顔を埋め込んでいった。

「アア……！」

由利子は喘ぎ、量感ある内腿できつく彼の顔を締め付けてきた。

柔らかな茂みに鼻をこすりつけると、隅々には甘ったるい汗の匂いが生ぬるく籠もっていた。そして下の方へ行くと、それにオシッコの匂いも混じっていた。

浩之は熟れた美女のフェロモンを何度も深呼吸し、舌を這わせていった。

陰唇の表面から徐々に内側を舐め、柔肉を味わうと、温かな蜜がトロリと溢れ、淡い酸味を伝えてきた。

膣口の襞をクチュクチュと掻き回すように舐め、大量のヌメリをすすりながらクリトリスまでたどっていくと、

「ああッ……！　気持ちいい……！」

由利子が、ビクッと顔をのけぞらせて口走った。

浩之は、自分のような未熟な童貞の愛撫で、大人の美女が感じてくれるのが嬉しく、執拗《しつよう》にクリトリスを舐めた。上唇で包皮を剝《む》き、完全に露出した突起に吸い付き、舌先で弾くように舐め続けた。

愛液の量も格段に増し、彼は舐めているだけで大いなる幸せを感じた。

「い、入れて……」

待ちきれないように由利子が身悶えて言い、浩之もようやく顔を上げ、身を起こし

ていった。

もちろんペニスは最大限に膨張し、すっかり回復していた。

股間を進め、幹に指を添えて先端をヌラヌラとワレメにこすりつけた。充分にヌメリを与えてから位置を定めると、由利子も僅かに腰を浮かせて息を詰め、受け入れ態勢になってくれた。

押し進めて挿入していくと、張りつめた亀頭がヌルッと潜り込み、あとは滑らかに吸い込まれていった。

「アアッ……！　いいわ、もっと奥まで……」

由利子が身を反らせて言い、浩之も肉襞の摩擦に酔いしれながら、完全に根元まで押し込んだ。

そして股間を密着させ、抜けないよう押しつけながら両脚を伸ばし、熟れ肌に身を重ねていった。

すぐにも由利子が下から両手を回して抱きすくめてくれ、彼は柔らかな肉のクッションに全身を委《ゆだ》ねた。

中は燃えるように熱く、キュッときつくペニスが締め付けられた。

やがて小刻みに腰を突き動かしはじめると、由利子も下からズンズンと股間を突き上げてきた。

しかし、あまりにヌメリが多いので、次第に夢中になって律動するうち、ヌルッと外れてしまった。

「あん……、もう一度……。それとも、下になる？」

由利子が言うと、彼も頷いて上下入れ替わった。やはり最初なので、リードされる方が気が楽だし、下から美女を見上げたかったのだ。

仰向けになると、由利子がペニスを跨《また》ぎ、愛液に濡れた幹に指を添えて、先端をあてがってきた。そしてゆっくりと腰を沈み込ませると、ペニスは再びヌルヌルッと吸い込まれていった。

「ああーッ……！　いいわ、奥まで当たる……」

由利子が顔をのけぞらせて口走り、浩之も深々と包まれながら激しく高まった。

5

「いいわ、我慢しないで、好きなときに出して……」

身を重ねた由利子が甘い息で囁き、腰を動かしはじめた。

浩之も股間を突き上げながら、美女にしがみついて甘い息に酔いしれた。胸に巨乳が密着して弾み、動くたびに溢れる蜜がクチュクチュと音を立て、彼の股間をビショビショにさせた。

「い、いっちゃう……、気持ちいい……」

たちまち彼は絶頂の快感に貫かれ、口走りながら思い切りザーメンを噴出させた。

「アアッ……！　熱いわ。もっと出して……、ああーッ……！」

内部にザーメンの直撃を受けると同時に、彼女もオルガスムスのスイッチが入ったように、ガクガクと狂おしい痙攣《けいれん》を起こしながら喘いだ。

膣内の収縮も最高潮になり、たちまち彼は最後の一滴まで搾《しぼ》り取られてしまった。

「ああ……」

浩之は初体験の感激を嚙みしめて喘ぎ、徐々に動きを弱めていった。

由利子も熟れ肌の硬直を解き、ゆっくりと力を抜いて彼に体重を預けてきた。浩之は温もりと重みを感じ、美女の吐き出す甘い息を間近に嗅ぎながら、うっとりと快感の余韻に浸った。

「アア……、良かった……」

由利子が荒い呼吸を繰り返し、彼の耳元で吐息混じりに囁いた。

まだ、ペニスが深々と入ったままの膣内が、名残惜しげにキュッキュッと心地よく収縮し、それに応えるように浩之もピクンと幹を脈打たせた。

しばし呼吸を整えてから、由利子がゆっくりと股間を引き離し、起き上がりながら枕元のティッシュを手にした。

そして濡れたペニスを包み込むように丁寧に拭いてくれ、自分のワレメも手早く処理してから、また添い寝して優しく腕枕してくれた。

浩之は、何とも心地よい充足感に浸りながら、熟れ肌に密着し、巨乳に頰を当てた。

「薫子さんというのは、おいくつなのですか……?」

ふと、浩之は訊いてみた。

「去年、十八で死んだの」

「え……?」

由利子の言葉に、浩之は目を丸くして思わず聞き返した。

「そう、昨日が命日だったのよ」

「そ、そんな……」

浩之は絶句し、余韻など吹き飛ぶほどの恐怖に包まれてしまった。

そんな娘がいることも浩之は知らなかったのだから、ずっと引き籠もりがちの子だったのかもしれない。

「昨夜、あの子が夢に出てきて、この部屋に入ってしまったって言ったの。何度も窓から見ていて、あなたのことが好きだったみたい。でも、大学に落ちて、お友達も離れていったことを悲観して……」

由利子が彼を胸に抱きながら、静かな口調で言った。

では、昨夜の画像は、薫子の幽霊だったというわけだ。

「だから、あの子が訪ねてきたとしても、決して相手にしないで。でないと、浩之さんまで取り込まれて、あちらに引っ張られてしまうわ」

「…………」

「若いから、つい薫子の方へ行きたくなるかも知れないけれど、その分、私が欲求を解消してあげますからね」

由利子は甘く囁き、慈《いつく》しむように彼の頬を撫でてくれた。

と、その時、窓の隙間から生暖かな風が吹き込んできた。

「浩之さん……」

いきなり、由利子の顔に薫子の表情が重なった。声も、昨夜画面から聞こえた薫子のものではないか。

「ど、どっちです……」

浩之は、声を震わせて言った。

薫子なら逃げ出したいし、由利子なら縋《すが》り付いて守ってもらいたい。

しかし、どうやら薫子が、母親の身体に入り込んだようだ。彼女は、由利子の肉体を借りて、浩之とのセックスを味わおうとしているのかも知れない。

「ゆうべ、一緒にいってくれたのね。とても嬉しかった……。今度は、本当に一つになって……」

薫子が言った。肉体も口も由利子のものだが、その声も意識も、完全に薫子らしい。

「どうか、もう一度して。私はまだ処女なの……」

薫子は、囁きながら顔を上げ、ピッタリと唇を重ねてきた。

柔らかな感触が密着し、舌が潜り込んできた。熱く湿り気ある息は、もう由利子の大人の匂いではなく、少女のように甘酸っぱい果実臭がしていた。

恐ろしいのに、浩之は舌をからめ、薫子の匂いに酔いしれはじめていた。

彼女は執拗に舌をからめては、浩之の頬や胸を撫で回した。そして口を離すと、肌を舐め下りて真っ直ぐにペニスへと顔を寄せていった。

生温かな息がかかり、先端が舐められた。亀頭は、まだザーメンと、由利子の愛液に湿っているだろう。

「美味しい……、食べてしまいたい……」

薫子は熱く言いながら亀頭をしゃぶり、陰嚢を弄《もてあそ》びながら喉の奥まで深々と呑み込んでいった。

「ああ……」

浩之は快感に喘ぎ、彼女の口の中で唾液にまみれ、舌に翻弄されながらムクムクと三度目の勃起を始めていった。

「ね、私にも……」

薫子が言い、含んだまま身を反転させ、仰向けの彼の顔にためらいなく跨がってきた。

浩之は逃げようもなく、下から腰を抱え、鼻先に迫る股間に顔を埋めた。

（え……？）

目の前のワレメが、さっきとは形状が違う。恥毛も楚々としたものになり、陰唇も小ぶりで初々しい感じだった。

恐る恐るペニスをしゃぶる彼女の顔を見てみると、長い黒髪になっていた。完全に、見た目も薫子そのものになっているようだ。

そしてこんなに怖いのに、しゃぶられながらペニスは最大限に膨張して快感も突き上がってきた。

浩之は目の前のワレメに舌を這わせ、大量の愛液をすすりながらクリトリスを舐め、お尻の谷間に伸び上がって可憐なツボミも舐め回した。

「ああン……、いい気持ち。ここを、もっと舐めて……」

薫子がお尻をくねらせて言い、クリトリスを彼の口に押しつけてきた。浩之も舌先を突起に集中させ、大洪水の愛液をすすりながら愛撫を続けた。

やがて薫子は口を離し、身を起こして向き直った。そして由利子と同じく、女上位でペニスに跨がり、受け入れながらゆっくりと座り込んできた。

「アア……、い、痛いけれど、嬉しい……」

薫子が眉をひそめながらも、熱く喘いで言い、完全に股間を密着させた。

(もう、どうなってもいい……)

浩之は快楽に溺《おぼ》れながら思い、身を重ねてきた薫子を下から抱きすくめた。そしてズンズンと股間を突き上げ、さっきよりずっと狭くてきつい感触を味わった。

「あぁッ……！　浩之さん、好き……！」

薫子が声を上げ、同時に浩之も絶頂の快感に貫かれ、魂まで吸い取られる勢いで、熱い大量のザーメンをほとばしらせたのだった……。

【初出・収録一覧】

童貞狩り
「小説NON」一九九三年七月号／『秘本』（一九九六年九月刊）収録
背徳のアロマ
「小説NON」二〇〇二年四月号／『秘本 あえぎ』（二〇〇三年一月刊）収録
甘えないで
「小説NON」二〇〇四年九月号／『秘本Z』（二〇〇五年十二月刊）収録
天使の蜜室
「小説NON」二〇〇二年七月号／『秘本X』（二〇〇三年七月刊）収録
熟《う》れ肌の誘惑
「小説NON」二〇〇三年五月号／『秘戯 うずき』（二〇〇四年一月刊）収録
新世紀クィーン
「小説NON」二〇〇一年二月号／『秘戯 めまい』（二〇〇二年一月刊）収録
女教師の秘蜜
「小説NON」二〇〇七年十一月号／『秘戯X』（二〇〇八年三月刊）収録
淫《みだ》ら風薫る
「小説NON」二〇〇八年七月号／『XXX（トリプル・エックス）』（二〇〇八年七月刊）収録

甘えないで

一〇〇字書評

切り取り線

購買動機（新聞、雑誌名を記入するか、あるいは○をつけてください）

□（　　　　　　　　　　　　　　　）の広告を見て
□（　　　　　　　　　　　　　　　）の書評を見て
□ 知人のすすめで　　　　　　□ タイトルに惹かれて
□ カバーが良かったから　　　□ 内容が面白そうだから
□ 好きな作家だから　　　　　□ 好きな分野の本だから

・最近、最も感銘を受けた作品名をお書き下さい

・あなたのお好きな作家名をお書き下さい

・その他、ご要望がありましたらお書き下さい

住所	〒				
氏名		職業		年齢	
Eメール	※携帯には配信できません	新刊情報等のメール配信を 希望する・しない			

この本の感想を、編集部までお寄せいただけたらありがたく存じます。今後の企画の参考にさせていただきます。Eメールでも結構です。

いただいた「一〇〇字書評」は、新聞・雑誌等に紹介させていただくことがあります。その場合はお礼として特製図書カードを差し上げます。

前ページの原稿用紙に書評をお書きの上、切り取り、左記までお送り下さい。宛先の住所は不要です。

なお、ご記入いただいたお名前、ご住所等は、書評紹介の事前了解、謝礼のお届けのためだけに利用し、そのほかの目的のために利用することはありません。

〒一〇一-八七〇一
祥伝社文庫編集長　坂口芳和
電話　〇三（三二六五）二〇八〇

祥伝社ホームページの「ブックレビュー」からも、書き込めます。
http://www.shodensha.co.jp/bookreview/

祥伝社文庫

甘《あま》えないで

平成24年7月30日　初版第1刷発行

著　者　睦《む》月《つき》影《かげ》郎《ろう》

発行者　竹内和芳

発行所　祥伝社《しょうでんしゃ》

東京都千代田区神田神保町3-3
〒101-8701
電話　03（3265）2081（販売部）
電話　03（3265）2080（編集部）
電話　03（3265）3622（業務部）
http://www.shodensha.co.jp/

印刷所　図書印刷
製本所　図書印刷
カバーフォーマットデザイン　芥　陽子

Printed in Japan ©2012, Kagerou Mutsuki ISBN978-4-396-33778-0 C0193

祥伝社文庫の好評既刊

睦月影郎

ひめごと奥義

男装の美女・辰美を助けた長治。それからというもの、まばゆいばかりの女運が降臨し……。

睦月影郎

ごくらく奥義

齢十八にして世を儚んでいた幸吉。大店の娘・桃を助けてから女体への探求心が湧き上がって…。

睦月影郎

のぞき見指南

丸窓障子から見えたのは神も恐れぬ妖しき光景。その行為を盗み見た祐吾が初めて溺《おぼ》れる目合《まぐわ》いの世界とは！

睦月影郎

よろめき指南

「春本に書いてあったことを、してみてもいいかしら……？」生娘たちの欲望によろめく七平の行く末は？

睦月影郎

うるほひ指南

祐二郎が手に入れた書物には、女体を蕩《とろ》かす秘密が記されていた！ そして、兄嫁相手にいきなり実践の機会が…

睦月影郎

熟《う》れはだ開帳

「助けていただいたのですから、お好きなように…」無垢な矢十郎は、山賊から救った武家のご新造と一夜を⁉